主编 凌翔

从孤独中超越自我

王辉 著

线装書局

图书在版编目（CIP）数据

从孤独中超越自我 / 王辉著. -- 北京 ： 线装书局，2022.11

（当代心理学研究丛书 / 凌翔主编）

ISBN 978-7-5120-5297-0

Ⅰ．①从… Ⅱ．①王… Ⅲ．①散文集－中国－当代 Ⅳ．①I267

中国版本图书馆 CIP 数据核字（2022）第 229717 号

从孤独中超越自我

CONG GUDU ZHONG CHAOYUE ZIWO

著　　者：王　辉

责任编辑：崔　巍

出版发行：线裝書局

地　址：北京市丰台区方庄日月天地大厦 B 座 17 层（100078）

电　话：010-58077126（发行部）

　　　　010-58076938（总编室）

网　址：www.zgxzsj.com

经　销：新华书店

印　制：三河市中晟雅豪印务有限公司

开　本：787mm×1092mm　1/16

印　张：12.75

字　数：116 千字

版　次：2022 年 11 月第 1 版第 1 次印刷

定　价：59.80 元

线装书局官方微信

序

　　这是我首次为著作作序。待认真看完王辉的作品以后，反而觉得责任更加重大了。我与王辉，亦师亦友，但他从事心理学研究的时间比我甚至还要早一些。抱着开卷有益的心境打开文档，对内心固守初心如崾彼泉水汩汩流出，对心理学的思考执着如秦人老腔飒飒生风。文如其人，王辉有着清泉石上流的灵气与随性，也有着更添波浪向人间的担当与自觉，过水未必留痕，初心始终向海。字能达意，王辉有着赳赳老秦天然的倔强慷慨，也有着陕西汉子自有的执拗坚强，从西安到林芝再到拉萨，海拔一路爬升，心志却日逐天高。这份心志也伴随着他走出海外走到了西撒哈拉。心情凝结成了文华隽章，思绪挥洒成了美芹新论。

之所以这么说，是因为这本书能读到两条主线。

一则在用确定对抗不确定。生活有波澜不惊的时刻，也有徘徊激荡的瞬间，但是或大或小的变化总是在牵动着我们思考甚至怀疑何去何从。不论是工作岗位的变化，就学途中的求索，还是作为维和卫士走出国门的经历。生活当中的种种变化就意味着我们必须得花更多的内心动力去应对不确定。这是每个人都必须面对和回答的问题，而王辉选择了用一种确定的方式，也就是将自己的心绪思考记录下来成为凝结的文字，既可以成为记录人生历程的站点，也可以印证此时此刻的路标。这样的方式，恰恰印证了荣格自传里的一段话。一个人的心理过程是无法控制的，或只有一部分是可控的。生命如同一棵需要跟进才能存活的植物。这两者都是我学术研究的原始资料。他们如同炙热融化的岩浆，可以结晶成一块我们需要的石头形状。

再则，在用作品记录成长。整本书的字里行间记录着他成长的历程，既有在事情中找寻自我心灵体悟，也有在实践当中对心理学专业不断延展的感悟。读者会有不一样的感受，既觉得这是一些心路历程的点滴记录，更觉得是散文体方式的自传。这恰恰在追问或者说触动了我们所有人内心的终极问题，过去发生的事件对我们到底有何意义，所有曾经的过往对于我们是不是真的那么重要。作为局中人的我们是无法客观评价自己的剧情。把它用叙事的方式书写记录下来，凝聚定格成一个作品留待未来去重新审视。或许这是对我们人生成长历程最好的一个总结。我们自己的成长历程就如同一条河流，更多的时候我们只关注到了河水的去向、水量的丰盈、和其他河流的交汇，有一天当我们有了时间回溯的时候，过去的痕迹早就已经不存在了。我们并不知道在流淌过程当中的一个漩涡，是因为当时河底的一块石头，我们并没有留意到一年四季漂浮在河流上的树叶的变化，我们没有注意到河面所倒映的种种景色，哪些是我们的，哪些是真实的，哪些是虚幻的。这是否印证了"凡所有相，皆是虚妄。若见诸相非相，即见如来"。无论是否，但是对于相的感悟，是每一个心理学人毕生的努力。

纸短情长，这是我个人的理解，以兹作为此书开启的纪念，也作为我个人阅读心得的一个印证。

戎雷教授

2022 年 2 月 13 日

前　言

　　人生就是一场漫长的修行，幼年时"看山是山，看水是水"，我们眼前浮现的是激情般的问号，觊觎世界万物，折服天地辽阔，为了能够识别名山大川，于是我们刻苦修行，学习知识学问，急于成长的好奇心驱使着我们对未来的无限憧憬；成年时"看山不是山，看水不是水"，我们眼中散落的是无尽般的逗号，质疑心中执念，忙于生活艰辛，为了能够适应随波逐流，于是我们刻苦修行，学习入世之道，安于现状的疲惫感驾驭着我们对当下的逆来顺受。我们当中的绝大多数人都受困于成年后的身不由己，身体习惯了与世浮沉，欲望也随之消退，在经历过大风大浪之后，变得不为世事所动，即使心中偶尔的激情骤然闪现，也会被"认命"的魔咒即刻熄灭。看似在努力修行的我们，实则却原地踏步，一切都源于这浮华中的忙乱，外界的嘈杂遮住了我们内心中真实的自己，世俗的喧嚣抑制了我们内心中自我的成长，取而代之的是无数个"没有明天"的孤独。或许在某一次委曲求全，得过且过的深夜里，我们开始想要跟自己对话，尝试着倾听自我的心声，于是我们开始探索自我，一股想要从孤独中回归自我、超越自我的欲望，便由此诞生。

孤独，这个看上去令人望而生畏的状态，会见缝插针地出现在我们人生中的每个阶段，无论是记事时独自蜷缩在被窝中那漫长的黑夜，还是分别时目送挚友在站台口那沉重的转身，抑或是回望时凝视照片在相册里那深沉的回忆，孤独以不同的分身陪伴着我们人生中的各个阶段。黑夜使我们感受孤单，转身使我们感受孤寂，而回忆使我们感受沉静，孤独以不同的感受让我们对它有着不同的理解。孤独可以是文艺青年用来表达自己忧郁气质的惯用词汇；孤独也可以是精神病患用来描述自己抑郁症状的专用名词；孤独还可以是诗词哲人用来抒发自己孤傲特质的常用代言，每个人对孤独都有着自己的情有独钟。"稚儿擎瓜柳棚下，细犬逐蝶窄巷中。人间繁华多笑语，唯我空余两鬓风。"林语堂笔下的孤独是如此落寞，孩童、瓜果、猫狗、蝇虫一片盛夏的欢闹，却唯独与我无关，繁华喧嚣却抵不过心中的那抹孤独，这是何等的体验。"采菊东篱下，悠然见南山"，陶渊明将孤独视为辞离官场、远离世俗、归隐田园的清欢，并静静享受着从超越孤独中孕育而生的那份不乱于心、不困于情的安宁，这又是何等体验。或许有些人会把孤独比作忙碌人生中短暂的课间休息，一杯红酒、一张沙发就能撑起一场直击灵魂的哲思，隔离喧嚣、屏蔽世俗只顾独享一次自己与时光的交错，这种能从孤独中享受惬意的状态的确令人羡慕，但这样的惬意人生却不是谁都能够感悟。绝大多数人更愿意将孤独视为一种心灵惩罚，因为不理解，孤独成为我们与父母之间的矛盾；因为不信任，孤独成为我们与伴侣之间的芥蒂；因为不真诚，孤独成为我们与朋友之间的距离；因为不自知，孤独成为我们与自己之间的迷茫，我们从矛盾、芥蒂、距离和迷茫中感受着痛苦与无奈，这些痛苦与无奈最终都会转化为一种难言之隐深藏在自己最不愿碰及的深处。成年人的委屈从来就不能鞭辟入里，所以崩溃才在一瞬间，习惯了委曲求全，却忘记了放过自己，唯有孤独中的挣扎，如影随形。

《从孤独中超越自我》这本书作于本人赴非洲参加维和任务间隙，身处他乡，孤独犹然，于是我用四个月时间浓缩了自己十年的人生哲思、咨询感悟以及处事所见，并将其化为文字，与人分享。从孤独中来，到孤独中去，这本书聊的就是孤独，那些我们正在体验，却常常视而不见的微妙感觉，聊它的来源、它的意义以及它是如何悄无声息地左右着我们的人生，书中所涉及的小故事均来自本人的生活所见，不奢完全接受，但求与之共鸣。

目　录

第一部分　当代人的孤独　　　　　　　　　**001**

第一章　来自家庭的"孤独"　　003

"每一次想更懂你，我们却更有距离"　004

"他还只是个孩子"　007

"身在曹营，心在哪？"　010

拥有血缘关系的"普通朋友"　014

第二章　来自婚姻的"孤独"　　018

"断线的风筝"　020

"金星与火星的碰撞"　023

我们忘记了"我们"　027

第三章　来自社交的"孤独"　　031

"对酒当歌，人生几何"　033

"不知何处话桑麻？"　036

"白天不懂夜的黑"　038

"你在山顶望云川，我在山脚看枯木"　040

"死要面子活受罪"　043

"有人的地方就有社交"　047

"酒肉穿肠过，孤独心中留"　049

"初生牛犊怕孤独"   051

"比赛第一，友谊第二"   053

"潜规则"背后的辛酸   055

第四章　来自"自己"的孤独   060

"镜子里，那张陌生的脸"   062

"回不去的从前"   064

"成年维特的烦恼"   067

"未来在哪里？"   071

第二部分　孤独的本源   **079**

第五章　隐藏在孤独背后的本源   081

"近朱者赤、近墨者黑"   085

"也许我们需要的更多"   088

"沉甸甸的爱"   092

"我不如别人"   096

手持"自负"武器的自卑者   099

身披"可怜"大衣的掌控者   102

"套中人的认知"   105

"承于精髓，行于无知，困于孤独"   108

"陌生的大城市，孤独的小角落"   112

"回不去的异乡人"   115

第六章　孤独的意义　　　　　　　　　123

　　"只缘身在孤独中"　　　　　　　127

　　"跳一场思想的独舞"　　　　　　131

　　"做自己的知己"　　　　　　　　137

　　"远离孤军奋战"　　　　　　　　143

第三部分　超越孤独　直奔幸福　　151

　第七章　超越孤独　　　　　　　　　153

　　"无与伦比的心流体验"　　　　　160

　　"难以捉摸的沟通"　　　　　　　165

　　"理性思维 VS 感性思维"　　　　172

　　"合作的魅力"　　　　　　　　　179

　　"启航，你的第二人生"　　　　　184

第一部分　当代人的孤独

第一章　来自家庭的"孤独"

从小到大，父母给予我们衣、食、住、行，倾其所有抚育我们成长，从"选什么奶粉""读什么学校""考什么大学""找什么工作"到"结婚生子带小孩"，这一系列流程化的"望子成龙""盼女成凤"般的惯性思维，融入了父母多少心血，仿佛有种无声的信念指使着我们的父母，不断提醒他们必须也只能这么做，从而最终完成一代代幸福家庭的传承。

这一切看上去是如此"完美"，我们只需要按照设定将幸福传承下去即可。但，事实果真如此吗？又是什么原因导致我们没有按照"剧本"发展？我们不能质疑父母对孩子的爱，这些爱不可言宣，称之为人类最伟大的爱都不为过，父爱如山、母爱如水，无论是山还是水都是对父辈们辛劳付出的肯定。儒家思想中的天、地、君、亲、师，宣扬崇拜自然、孝亲敬长的价值取向，刻木事亲、卧冰求鲤一个个历史典故，熏陶着一代又一代的孩子成长，一切的一切仿佛都在给我们的成长设定"出厂配置"，模式化的框架像一把无形的刻刀时刻雕琢着我们的成长路径。那么问题来了，既然一切都描述的那般美好，我们生活中为什么仍有那么多不和谐的亲子关系存在，甚至偶尔出现杀父弑母等恶性事件，这是一个值得我们每个人深思的问题。亲子关系说到底也是一种人际关系，既然是关系，那就离不开人与人之间的相互联系。大自然孕育生命，生命繁衍，生生不息，物种才得以保留，一旦掺入情感，人类的繁衍就变得不再那么纯粹。父母与子女之间是一种特殊的联结，这种联结也常常引得普罗大众随之兴趣盎然，在无数文学作品、影视歌曲的包装下，构建关系最原始的基础——"人"，却往往最容易被大众所忽略。

"每一次想更懂你，我们却更有距离"

一个婴儿呱呱坠地，吃、喝、拉、撒、睡都由父母照料，起初婴儿起居任由父母支配，突然有一天，这个婴儿不再对父母唯命是从，自我意识在不经意间慢慢萌生，人生中第一次有了拒绝行为，此后便一发不可收拾。为了让自己的想法得到父母重视，婴儿热衷于随手扔东西、闭嘴拒绝自己不爱吃的食物等，而这时大部分的父母都简单地将婴儿的这种行为归结于：不听话。心理学研究证实，婴儿在出生后八个月左右会萌生出自我意识，他们尝试着将自己和父母分离开，慢慢展露出自己对外界的初级认知，将自己的情感毫无掩饰地展现在父母面前。亲子关系已不再由父母完全主导，这段联结中的另一个主角已悄无声息地觉醒了，而习惯了拥有主导权的父母们，也从这一刻开始了今后漫长的适应过程。

回想我们的童年，伴随着我们的成长最常听到的一句话是：×××，你要听话。"要听话"成了父母的口头禅，它就像一句"紧箍咒"，萦绕着我们整个童年。父母为什么要把"你要听话"挂在嘴边，一遍遍地提醒着孩子？那是因为，孩子经常做一些让父母认为"不听话"的事情，不好好吃饭就是"不听话"，放学回家不是第一时间写作业就是"不听话"，去亲朋好友家做客时进门不懂礼貌就是"不听话"……诸如此类的情况数不胜数，充斥在生活中的每一个瞬间。父母在责怪孩子"不听话"的同时，往往都是以成人的视角去审视事情，从而判断孩子的行为是否属于他们认知当中的"听话"行为，却忽略了孩子对于

"听话"行为背后的理解能力。当一个母亲因为孩子不爱吃胡萝卜，教育孩子不要挑食时，这时孩子会把"挑食"简单地理解为"不吃胡萝卜"。当遇到孩子"不吃香菜""不吃香菇"等问题时，母亲会不自觉地认为孩子没有做到"不挑食"的要求，就会下意识地认为孩子"不听话"。其实，孩子对父母的绝大部分要求是困惑的，即便父母尽量把理由表达得合情合理，也不可避免地加入自己成人的思维方式，但这些对于一个未经过世事的孩子来说，会把事情变得更加混乱。一次次"责备——不理解——犯错——责备"的强化循环，不断加深父母与孩子之间的"误会"，造成父母无奈、孩子无语的尴尬窘迫，为亲子关系矛盾的爆发埋下了最初的种子。

亲子关系在父母与孩子不断的互动中培养，这是一个漫长的旅程，需要父母与孩子不断地磨合适应，以此来找到彼此之间表达爱的方式。在这个旅程中，有漫步在沙滩般的美好，有行驶在公路般的平淡，当然也有穿越在隧道般的黑暗，而孩子的青春期算得上是这段旅程中最为黑暗的隧道。童年时期埋藏的矛盾种子，慢慢地在孩子年龄增长、阅历丰富、知识积累以及认知扩展的滋润下，生根发芽，终于在青春期，这个介于成年人与儿童之间的灰色地带，开花了。

"他还只是个孩子"

青春期的孩子伴随着身体的发育，心理发展也逐渐趋向成人，之前很长一段时间的沉寂、委屈仿佛找到了突破口，一个个跃跃欲试，就等着寻找时机突破重围一跃而发。虽然这个时期的孩子，身心都获得了突飞猛进的发展，但毕竟还未入世，解决问题的方式方法仍然处于不够成熟的阶段，看待事情简单粗暴。一切行为随心所欲，更有甚者会把童年时期通过父母的强化，延续下来的那些"听话"行为按照自己的理解，变本加厉向父母宣泄出来。在这个时期的亲子关系中，孩子无时无刻不在向父母宣战，不遗余力地宣示自己的领地，迫不及待地争夺亲子关系中的主动权。而这段关系中的另一主角——父母，对这场由孩子发起的突如其来的"夺权战"，除了开始的不知所措，就只剩被动应战了。这场没有硝烟、没有伤亡的"夺权战"，逼着父母从习惯了的指挥官角色中不断放权，不断妥协。父母在亲子关系中原本的决策权，由一开始的"绝对主导"，慢慢地变成了"协商谈判"，再到后来的"割地让权"，一系列演变反映了父母与孩子在亲子关系中地位的不断转化。只要是战争，就一定会有结果，根据双方的不同战术、兵力、目的会导致不同的结果，通过对抗，大部分关系都得到了一个较为缓和的结果，双方此后都有了一套与彼此相处的方式。当然，更好的结果是和平解决，通过沟通、理解的方式，双方顺利驶过黑暗的隧道，继续在美景中相伴驰骋。然而，还是有相当一部分关系在这场"夺权战"中，因为双方选错了方式方法，导致对抗越演越烈，变成了"拉锯战""持久战"，久久不能平息。有的甚至延伸至孩子成年以后，成为父母与孩子之间不可逾越的鸿沟。

心理学家埃里克森的人格发展理论中将人生划分为八个阶段，每个阶段都有各自要完成的任务与要解决的矛盾。他认为，青春期阶段个体要完成自我同一性的整合，避免角色混乱。简单来讲，青春期的孩子将通过对自身接触的环境以及自身经历等客观因素，来整合自己的过去、现在以及将来，形成一套较为完整的价值观，建立起自己相对稳定的人格体系。在此过程中，青春期的孩子需要历经无数次对外部世界及内心世界探索、质疑、矛盾及整合的循环，这对他们既是一种挑战，又是一种不可避免的成长。在这段时间里，孩子需要父母给予更多的理解与关注，以此来帮助自己突破内心矛盾，解开成长困惑，顺利走向成熟。这部孩子的成长大戏，离不开父母的参演，如果一切都能够按照理想的剧本推演，那将是一部没有波澜的幸福电影；然而，有的父母舍不得"导演"的位置，而热衷于跌宕起伏的剧情，不能自拔。

前不久头条上有一则这样的新闻：一线城市 12 岁女孩跳楼身亡，她在留给父母的最后一段话中说到，"家不是依靠，而是用假笑应对的场合……"，寥寥几字却诉出了一个青春期女孩的心声。她在最需要父母理解的时期，却求而不得，一直在自己渴望长大与父母过度干涉的纠结中体验着孤独，当内心深处提醒自己已经不再想活成父母眼中的样子时，那种觉醒中的懵懂，夹杂着"要听话"的束缚，使她不知所措，无奈地将自己的生命永远地停滞在青春期，最终酿成了悲剧。在这段"非常时期"里，孩子拼尽全力来证明自己的同时，父母也要完成自己的成长，两者相互磨合，各自改变、适应彼此，从而共同驶离"黑暗的隧道"。但遗憾的是，大部分父母一开始不能适应这种被动改变的状态，仍旧固守在导演的位置试图掌控剧情，往往会忽略自己其实也只是这段关系中的一个角色而已。

父母无微不至地照顾孩子衣食起居，"他还只是个孩子"的思维早已在脑海中定势，打下了深深的烙印。在孩子年幼时，"他还只是个孩子"的思维一次次培养了父母对孩子的耐心，激发了父母对孩子的宠溺，也强化了父母对孩子的责任，在经过无数次屡试不爽之后，父母像是找到了解开自己初为人母（父）时的懵懂与抚养孩子之间矛盾的钥匙。当遇到年幼的孩子"不听话"时，"他还只是个孩子"缓解了父母那种因孩子做错事时产生的愤怒与舍不得责罚孩子的错杂情绪，这种思维无疑缓和了父母的压力；但当遇到处于青春期的孩子渴望独立时，这种思维反而禁锢了父母对孩子的信任，也劝退了父母对孩子放手翱翔的勇气，成了阻碍亲子关系的执念。

"身在曹营，心在哪？"

时间不会驻足，去等待父母与孩子之间寻找彼此最适合的相处方式，它就像一辆永不靠站的列车，载着所有乘客驶向各自的终点。曾经的少年已步入成年人的世界，在他的这场人生大戏里，父母的出场率越来越低，无论与父母之前的那场"夺权战"结果如何，这都已不再是生活中的重点，随之而来的恋人、同事、朋友等社会角色带着不同的情节充斥了他的剧情。来自工作的压力已让这位刚刚步入社会的年轻人手忙脚乱，残酷的现实已让他在下班后筋疲力尽，仅剩的精力还要去思考明天的工作进程，花时间用来维系与父母之间的感情已成了奢侈。另一方面，因为时代的飞速发展，父母与孩子之间的交集变得越来越少，"找对象、别熬夜、多穿点"等等日常琐事，成了他们与自己孩子沟通的主要内容。但这些对于年轻人来说，根本不是生活的重心，父母的关心再一次变成了孩子眼中的不理解。

除此之外，越来越多的年轻人大学毕业后会选择在一线城市工作和生活，比起情感上的不理解，地理位置上的距离会以更为直接的方式冲击着这段亲子关系。

根据一项关于全国一、二线城市人口变化趋势的数据统计结果，近 16 年来，我国一线城市常住人口基本保持快速增长，北京、上海常住人口早在 2018 年就已增长至 2000 多万人，西安、杭州等新一线城市，近三年来常住人口呈百万数量增长，种种数据表明，年轻人移居大城市已成为了趋势。移居大城市改变了当代人 "4+2 式" 的传统大家庭生活结构，与父母之间两地分居式的生活方式已成为当代年轻人移居大城市后的主要生活模式。

处于这种模式下的年轻人，与自己父母的沟通变得越来越少，当一次次在新环境下遇到工作或是生活上的难题时，他们宁愿寻找自己身边的朋友、同事倾诉，也不会想着去向自己的父母寻求帮助。在年轻人的眼中，未来发展、生活品质远比对父母的陪伴显得更有诱惑力，例行 "常回家看看" 成了与父母之间最实际的互动。然而，即便是回到家也很少能坐下来陪父母们聊聊天，相反手机、平板、电脑看上去更像是亲密无间的亲人。当 "常回家看看" 变成了一种强加给自己的任务时，那我们回家看看的意义到底是什么？父母们以关心、关爱为主题所发出的信号，子女们接收到的却仅是一次又一次的唠叨、啰嗦；父母绞尽脑汁为年轻人工作上的难题出谋划策，子女却常常理解为鸡同鸭讲。血缘紧紧系着双方对彼此之间的爱，这种爱是那样纯粹、直接，同时也掺杂着各自的那份"不理解"，这种窘迫的情况，直到子女有了自己的孩子后才慢慢得到缓解。

从我们升级为父母的那刻起，看着自己嗷嗷待哺的孩子，从喜极而泣，到坦然面对，再到习以为常，在这个漫长的过程里，子女渐渐习惯了导演的位置，像当初自己父母一样执导着自己孩子的成长。生命的轮回不断推演，也许在某一次与孩子对抗之后，我们突然明白：原来传承下去的不仅仅是父母与子女之间的爱，还有那份彼此之间独有的"不理解"。这一刻，子女与父母之间的"不理解"仿佛如获新生，变得通透豁达，回望过去种种，自己是如此孤独，浪费了太多时间，两代人之间的矛盾，一瞬泯"恩仇"。

人总是这样愚钝，美好的事物总是要等到失去之后才愿意花时间、静下心去感受它的美好。前段时间，一款叫做"蚂蚁呀嘿"的特效模板风靡网络，这个模板可以让照片上静止的人物"动起来"，一切就像哈利波特魔法世界里的《预言家日报》一样真实。就这样一个看似娱乐大众的新鲜事物却在不经意间感动了无数人，其中印象深刻的是一位年近古稀的老奶奶，当她看到自己过世的父母在照片上又一次"动起来"的时候，那种遗忘多年的美好，瞬间充斥了全身，时隔多年再次唤醒了内心深处沉睡已久与父母互动时的幸福，唯有通过眼泪来诠释自己的不舍与孤独。电影《你好，李焕英》是贾玲首次作为导演所执导的处女作，她以自己真实经历为基础，通过大荧幕表达了对自己已逝母亲的怀念，细腻的情感抒发，真诚的亲情流露，都引得观众纷至沓来，"收割"了一波又一波的眼泪，电影也因此大获成功，贾玲一举获得中国票房最高女导演的殊荣。我们对于父母的爱从来都不需要浮夸、做作的渲染，诚恳的表达就是一种对母爱最好的诠释，贾玲唤醒了观众内心中与母亲之间沉眠已久的依恋，激发了观众对父母不愿再继续内敛的爱，而这些对父母的依恋与爱将会在现实的无奈下化为"孤独"陪伴我们余生。

我的一位朋友，曾经在一次酒后这样向我倾诉，他的父亲已经去世了十几年，虽然他早已是两个孩子的父亲，是家里的顶梁柱，但在夜里还是会偶尔梦到自己的父亲，梦到父亲过去对自己的一颦一笑，梦到父亲过去对自己的谆谆教导，每次梦醒后都是夹杂着无奈与心酸，一个成年人在寂静的深夜哭得像一个小孩，这是来自家庭特有的孤独。"子欲养，而亲不待"的悲痛无法用语言诠释，这种体验像是闹铃，唤醒了我们在疲惫过后偶尔想要向父母撒娇时的幻想，也提醒了我们在理解父母后无力报答时的无助，仿佛一切如旧，但唯有自己孤独如影。

父母与孩子之间的相处之道不是照本宣科的戒律法典，而是一本时刻需要彼此哲思的哲学著作，要用我们一生去思考、实践，去感受、理解，期间经过依赖、对抗、妥协、释怀，最后我们从孤独中领悟幸福。

拥有血缘关系的"普通朋友"

成长是我们一生都在做的事，如果把我们的人生比作一场成长大戏，父母所占据的篇幅毋庸置疑，但还有一群人永远排在出场顺序的前列，那就是所谓的亲戚。"家庭"的概念可大可小，大到可以涵盖"五十六个兄弟姐妹"的国家，小到可以代表"一人吃饱全家不饿"的自己，但它最直接的含义仍是那群生活在同一屋檐下，用血缘关系维系着彼此情感纽带的亲人们。在这个关系错综复杂的社会里，无论是谁，只要冠上亲人的头衔，仿佛自带"光环"般让我们主动放下戒备，于是无条件地去信任。回望我们小时候，在父母因为工作无暇照顾我们时，总能有一个"七姑八姨"的角色挺身而出代替父母来照顾我们，把我们当作自己的孩子一样视如己出，我们也毫不客气地欣然接受；在我们因为犯错被父母教训挨打时，总有一个行侠仗义的角色挡在我们身前向父母求情，解救我们于水火，让我们免受皮肉之苦，我们也暗自窃喜地乐在其中。他们在我们的成长大戏中扮演着各种重要角色，虽然不能像父母那样贯穿始终，但当我们上演顺利考学、成功就业、乔迁新居、结婚生子这样的精彩戏码时，他们也绝对不会缺席。亲戚就这样在我们的人生中以若隐若现、若即若离的方式陪伴着我们成长，这种独特的相处模式，不会在我们选择人生道路时过多干涉，却能在我们寻求帮助时给予适当支持，当然也正是因为这种模式注定局限了我们之间过近的亲密距离。

有一位朋友曾经这样描述他与叔婶的关系：因为家境不同，叔叔婶婶居住在城市，到叔叔家小住成了他记忆里每年暑假最主要的活动内容。从小到大，叔叔婶婶对他照顾有加，与堂弟相处也其乐融融。在这种氛围下，向叔叔婶婶分享自己人生中的精彩戏码成了他的习惯。直到有一次，在他兴奋地向叔叔婶婶分享自己涨工资的喜悦后，叔叔婶婶面无表情的反馈，使他突然意识到堂弟还没有找到工作，瞬间尴尬不已。那次之后，他觉得与叔叔婶婶的心理距离远了，关系也不再像以前那样纯粹，因为理解角度不同，他认为的"分享"在叔叔婶婶看来更像是一种"炫耀"，于是他学会克制自己，甚至刻意避免与叔叔婶婶的交流。很长一段时间里，他都不能适应这种改变，厌烦那种把家人也要当成外人般需要三思而后言的距离感，渐渐的，他深刻体验了那种与亲人之间想要靠近却又不得不欲言又止的孤独。

　　无独有偶，还有一位朋友有着相似的经历，她出生在西北地区的一个小县城，凭借自己的努力，脚踏实地，完成向大城市跃进的考学、就业、安家三连跳，这足以让亲戚引以为傲的成绩，却成了她与亲戚之间沟通的屏障。从小到大，每次家庭聚会无论大家讨论什么话题，两个姨妈最后总能把话题引到她的身上，而且总是"哪壶不开提哪壶"。当她考上研究生时，姨妈们就说，"女孩子读书会耽误嫁人"；当她嫁到大城市时，姨妈们又说，"女孩子嫁的太远不能照顾父母"等等诸如此类，她知道姨妈们本没有恶意，能这么说是因为她们的孩子各方面都不尽人意，所以她将渴望受到长辈们肯定的欲望默默地抑制在自己内心。但每当姨妈们需要她在大城市帮忙时，那种因为亲人无法拒绝与从小未能得到肯定之间的矛盾心理，使她倍感无奈，每次下定决心要与姨妈们"渐行渐远"，最终却逃不过亲情的枷锁，总能回到"不离不弃"，这种从无奈中凝缩而成的孤独体验，虽然对生活"无伤大雅"，但却一直"隐隐作痛"。

　　我相信，上面的例子只是社会普遍现象的缩影，绝大部分人经历过或正在经历着类似的孤独，这种孤独来自于亲戚之间的平衡与攀比，血缘关系使我们生来就相互联结，也是血缘关系使我们可以毫无避讳、肆无忌惮地表达自己的攀比心，它就像一把戒尺，时刻提醒着我们要保持距离。也正是因为这段距离的存在，浑浊了我们与亲戚之间本应该纯粹的感情，改变了我们原有的相处逻辑，每当我们志得意满迫切希望分享喜悦时，因为这段距离，我们变得戛然而止；每当我们不尽人意迫不及待寻求接济时，因为这段距离，我们变得有所顾虑。因为这段距离，我们甚至开始思考亲戚存在的意义，思前想后，当我们对亲戚的最近一次的回忆，还是去年微信群里的祝福短信时，因为距离给我们带来的这份孤独，将久久都不能释怀。

第二章　来自婚姻的"孤独"

爱情是上天赐给人类的礼物，它既不同于亲情那样与生俱来，犹如呼吸一般顺理成章；也不像友情那样千篇一律，宛若涓涓细流汇向大海，这份礼物各自独享，一千个恋爱中的人，就有一千种对爱情的体验。无论是私定终身的刺激，还是花前月下的浪漫，抑或是相濡以沫的美好，都是爱情馈赠于我们无可替代的享受。爱情附有魔力，它能让不修边幅的习惯重获梳妆打扮的自信；爱情充满动力，它能让一成不变的生活燃起重获新生的欲望，一首歌、一本书、一束花、一封信、一部电影，甚至一个眼神都有可能点燃爱情的火花。我们在一见钟情中感受对方的美好，在长相厮守里体会彼此的陪伴，一个好的人生伴侣能够搀扶我们成长，使我们扩宽自己认知上的狭隘，一个好的人生伴侣能够弥补我们不足，使我们超越原生家庭里的局限，一个好的人生伴侣能够丰富我们生活，使我们提炼柴米油盐中的幸福，从两情相悦的亲密，到干柴烈火的激情，再到与子偕老的承诺，这些阶段完美地诠释了爱情的意义，就像歌中所吟唱的，"因为爱情，不会轻易悲伤，所以一切都是幸福的模样"。

因为爱情，不仅仅只是没有悲伤，因为爱情，我们摆脱了孤独，建立了恋爱关系，人生中第一次有了想要占有他人的欲望。如果把亲情比作海洋，我们每个人都是各自海域中的一座孤岛，爱情就像一艘游历在广阔海洋中的小船，突然有一天遇到了另一座孤岛，在一番踏足、探索过后，开始着迷岛上独有的风景，垂涎岛上特有的物产，于是就迫不及待想要拉近彼此的距离，最终在两片海洋的"推动"下，两个孤岛漂移、结合，形成了一座新的岛屿，这个过程就是婚姻。婚姻是两个人白首不离的承诺，当爱情的乳酸经过多巴胺的发酵后，两个孤独的人决定彼此托付，渴望亲朋见证自己爱情的升华，于是携手步入婚姻的殿堂。

恋爱是一道法式舒芙蕾，味甜色美，赏心悦目，从内到外都充斥着各种甜蜜与幸福，随时随地都想尝一口，让人欲罢不能，而婚姻更像是一日三餐家常便饭，除了五味俱全外，也是我们生活中必不可少的支撑。生活不能只有甜蜜，酒足饭饱时，甜蜜是锦上添花的幸福，可食不果腹时，甜蜜却顶不过一片廉价的粗粮面包。在绝大部分人的人生中，婚姻是必不可少的环节，每个人对婚姻有着不同的理解。希腊哲学家苏格拉底这样描述婚姻，"好的婚姻仅给你带来幸福，不好的婚姻则可使你成为一位哲学家"，婚姻就是一场两个人的修行；意大利作家卡萨诺瓦在自传《我的一生》中将婚姻比作爱情的坟墓，形象地表达了婚姻的现实性，而爱情飘渺最终将沉寂在婚姻之中；作家钱锺书在《围城》中这样表达婚姻，"婚姻是一座围城，城外的人想进去，城里的人想出来"，生动地描写了人们对婚姻渴望拥有与不被束缚的矛盾态度，这些哲人作家们对婚姻不同的看法，仿佛在告诉我们，婚姻远没有看上去的那么简单。

"断线的风筝"

爱情与婚姻不是简单的因果关系，从古时为谋国家利益的政治联姻，到近代封建思想下的包办婚姻，这些婚姻的组成都无关爱情。婚姻本应来自爱情的具化，没有爱情的滋润，婚姻这片土地终究将变得贫瘠荒凉、寸草不生。细数多少年轻男女，被"男大当婚，女大当嫁"的规定推搡着走进了婚姻的国度；又有多少大龄男女，受不了周围环境的数黑论白、指指点点，心甘情愿套上婚姻的枷锁。"两副碗筷一张床，凑合搭伴过日子"的婚后生活，也许能暂时抚慰两颗迫于证明自己符合"社会规则"的心，但无法捂热各自沉寂在生活背后的孤独。

才子郭沫若荣耀一生，可留洋、抗战、文联主席、中科院院长等众多光彩夺目的经历，都无法平衡他在婚姻中的"漂泊"。他一生有过三段婚姻，第一任妻子张琼华，父母包办的设定下，注定了这段婚姻的不幸，在成婚几天后他就离开了家；第二段婚姻开始于日本留学，后因郭沫若回国，他果断撇清了关系；第三任妻子是众所周知的于立群，虽然在这段婚姻里郭沫若得以终老，但在他去世后，妻子得知了他与自己姐姐的暧昧后，以自缢的方式结束了自己的生命。我们暂且不论郭沫若的爱情观，审视他一生三段婚姻的悲剧，虽不知他对每段婚姻的动机，但可以肯定的是，至少在每段婚姻中，爱情几乎不占有一席之地，所以他的婚姻看上去就像是小孩子"过家家"，婚姻中没有重点，也没有目标，更没有维系的根络，孤独半生，也注定了悲剧。

有的人可能会说，先结婚再恋爱，这样不是更有效率？日久总会生情。这种为了结婚而结婚的思维本身就是一种逻辑倒错。婚姻不是合作，当一个人在遇到自己愿意携手共度余生的人时，婚姻的念头才会萌发，也就是为了一个人才去选择婚姻，这才是婚姻原有的逻辑。

我有一个朋友，他是名医生，因为平时工作繁忙，自己的终身大事慢慢就拖了下来。到了三十岁，迫于父母的压力，在众多相亲对象里选了一个彼此较为满意的女孩，在相处一段时间后，两人有了结婚的打算，用他的话说，"谈不上有多喜欢，但也不算太差，感觉很合适"。对方是一名小学教师，医生教师的结合可以称之为"佳偶天成"，父母的欣慰、亲朋的祝福，一切幸福顺理成章。大概过了一年时间，有一天他突然告诉我，他的婚姻出现了问题，结婚一年来两人从来没有吵过架，夫妻之间相敬如宾，就像教科书里所描写的模范夫妻一般，可就是总感觉缺少点什么。因为两人工作的限制，只有在晚上才有短暂的时间相互沟通了解，交集匮乏，慢慢地两人的沟通越来越少，甚至他每天回家前，都会先把车子停好，一个人静坐在车里，思考回家后要跟妻子聊些什么。尤其是每当家庭聚餐、朋友聚会时，面对亲朋好友投来的各种羡慕，他只能一笑而过，沉默回应。那种从婚姻中"一切都好，又都不好"的矛盾心理与现实中"架空实际，又无从说起"的词穷窘迫孕育而生的孤独，成了他挥之不去的心魔。

没有爱情的婚姻就像是断了线的风筝，没有稳固的根基，看似拥有辽阔的天空，却没有自己的目标，终究敌不过风雨与时间的洗礼，注定了孤独。

"金星与火星的碰撞"

婚姻像是一面放大镜，它将情侣间隐藏在恋爱甜蜜下的缺点逐一显形，你侬我侬过后，暴露的是双方各自原生家庭的吹毛求疵；朝朝暮暮退去，浮现的是生活之中家长里短的鸡毛蒜皮；当激情被岁月稀释、冲动被生活抽离，浮华褪尽，留下的仅有略显单调的日子。婚姻这个汇聚了人间百态的杂合词汇，上至哲人雅士在哲学殿堂的思辨，下到市井百姓在茶余饭后的闲聊，都未曾搞个清楚、弄得明白，没有人能挺直腰杆拍着胸脯说自己练成了掌控婚姻的法门，我们都是一边经历着婚姻，一边总结着婚姻，一边学习着婚姻。相爱容易相守难，曾经多少山盟海誓都败给了人间烟火，一段好的婚姻仅有爱情维持，即便能长久也无法茁壮成长，就像风筝要想飞得高、飞得稳，线是基础，而风是条件。

著名作家钱锺书和杨绛这对爱侣，堪称文学界神仙眷侣，他们幸福的婚姻让人津津乐道。在最美好的年华，相遇清华园，相知"鸿雁"里，此后余生相伴终老，他们向世人诠释了婚姻最美好的样子。杨绛在《人世间最理想的婚姻》一文中写道：

第一次见面，钱锺书的第一句话就是，"我没有订婚"，而她紧张地回道，"我也没有男朋友"；当她将英国传记作家概括的最理想的婚姻——"我见到她之前，从未想到过要结婚；我娶了她几十年，从未后悔娶她；也未想过要娶别的女人"——念给钱锺书听时，钱锺书当即回道，"我和他一样"，她说，"我也一样"；钱锺书病时，她尽力保养自己，只求比他多活一年，钱锺书走时，一眼未合好，她附到耳边说，"你放心，有我呐"。钱锺书和杨绛的故事让我们动容，至死不渝的依恋、志同道合的志趣、不离不弃的责任、心心相印的默契、不分彼此的信任、恰如其分的尊重，这些因素共同组成了他们幸福的婚姻。依恋、志趣、责任、默契、信任、尊重都是维持风筝平稳翱翔的风。

幸福的婚姻如出一辙，不幸的婚姻各有各的不幸。当两座孤岛融为一体后，来自两片海域的"水土不服"悄然出现，各自原生家庭里带来的执念根深蒂固，影响着各自不同的价值观、人生观、世界观，以遇事不同看法、做事不同习惯、处事不同思维为"帮凶"，时刻激发着生活中点点滴滴的矛盾，如果不及时修通，终将逃不过兰因絮果的命运，最后两人坚守着各自的孤独，成了彼此"最熟悉的陌生人"。

在 2007 年的热播剧《双面胶》中，描述了上海姑娘丽娟与东北青年亚平从恋爱到结婚，后因各自原生家庭观念差异，最终走向离婚的悲剧婚姻。丽娟出生在上海的一个幸福家庭，从小父母疼爱有加，娇生惯养，而亚平出身贫寒，通过自己努力考到上海读书，毕业后留在上海工作。两人的成长经历大相径庭，婚后生活中三观上的差异体现得淋漓尽致，小到"一日三餐吃什么"的个人习惯，大到"家庭关系如何处"的是非观念，都成了一次次争吵的冲突点，最终矛盾激化，走向了离婚。这部影视剧之所以热播，因为它是当代社会婚姻现状的真实写照，每个正在经历婚姻的人多少都能从中找到自己的影子。艺术来源于生活，《双面胶》的剧本来源于现实生活中的真实故事，真实故事的结局远没有影视化的剧本那么"轻松"，现实中的男女主角因长期观念上的差异，最终以男方将女方家暴致死收尾。当然，这个故事属于极端事件，但事件中所展现出的当代社会婚姻现状值得我们深思。

受到当代社会快节奏、高效率的生活方式，极简思维的影响，结婚从原先的三书六礼到现在的民政局登记，婚姻从形式上变得不再繁杂，一对恋人甚至不用通过双方父母同意，拿着各自户口本就可以完成结婚的整个程序。我的一个同事，他与自己的爱人从认识到结婚前后不足三个月，结婚仅仅一年时间，两人就因性格不合、家庭琐事闹得不可开交，他们的婚姻最后以"对簿公堂""老死不相往来"收尾。谈及感受，他觉得结婚一定要慎重，领证容易守证难。婚姻程序的简化给我们生活带来便利的同时，也让我们下意识降低了对婚姻的慎重程度，婚姻看上去不再那么"隆重"。大部分家庭在讨论子女婚姻问题上，出发点都是以子女们幸福为目的，可无奈的是不知用何种方法去帮助子女，当不具备预知未来的能力时，问题往往聚焦在经济、工作等客观因素上，忽略了双方幸福相处的内在因素，而此时的新婚燕尔，在新婚快感的刺激下更是失去了理智。当婚后夫妻双方在一些诸如"子女教育""赡养老人""买房换车"等影响家庭发展的核心问题上产生分歧时，经过一轮又一轮的争辩，仍未达成共识，各自无法理解对方的利益点，三观的差异让彼此之间怀疑，当下对自己"横眉冷对""剑拔弩张"的人是否还是当初那个"两情相悦""同气相求"的心上人。道不同不相为谋，三观的差异给夫妻双方之间带来了相互的不理解，也对彼此间的争吵产生了厌倦，"少说少错，不说不错"的思维方式油然而生。当沟通成了两人之间的稀缺行为，"渐行渐远"冲散了当初一起对婚姻美好未来的憧憬，得过且过替换了当初一起对婚姻同甘共苦的态度，索然无味的日子像空气一般充斥着整个世界。这时，两个孤独的人夹在现实与理想中"声嘶力竭"，"步履蹒跚"地不断重复着昨天。三观是风筝的骨架，如果两人三观相判云泥，终会坠断爱情的线，辜负了直上青云的风。

我们忘记了"我们"

婚姻之所以复杂，在于影响它幸福的因素实在太多，多到无从数起。在人生的大电影中，婚姻的剧情虽然在成年之后才正式开播，但大部分情况下，婚姻将伴随着整部大电影的最终落幕，之后的人生旅程都有婚姻的风景。夫妻二人是组成婚姻的基础，婚姻是夫妻二人的"集结"，一段幸福的婚姻需要两人共同的努力，两人顿足不前或是各行其是都会不知不觉地影响了婚姻质量。夫妻二人经营婚姻，就像运动员操作双人皮划艇在湍急的河流里前行，遇到漩涡暗礁时，需要两人相互配合渡过难关，一人掌握方向，另一人掌握力度，各司其职缺一不可；而风平浪静时，则需要双方步调一致朝着前方共同使力，但凡一人用力过猛或是频率过快，都会造成小船原地打转、止步不前。婚姻的旅途不会一马平川，当遇到困难时，夫妻二人齐心协力一起面对；当一帆风顺时，夫妻二人不忘初心不负彼此，然而事与愿违，很多夫妻一路披荆斩棘，历经艰辛迎来一片春和，却迷失在耀眼的阳光下，看不到对方，忘记了当初彼此的样子。

我有一个朋友，他和自己的妻子青梅竹马、默契十足，两人在各自工作中努力奋斗，一起憧憬未来，短短几年便过上了自己想要的生活。在有了孩子之后，为了让孩子受到更好的教育，两人商量后，妻子决定辞去工作，将生活重心移向家庭，当起了全职太太，生活开支全由丈夫负责。日子在两人的分工下有条不紊地经营着。随着小孩的成长，各项家庭开支逐渐增多，面对经济压力，丈夫内心开始萌生疲惫、厌倦等负面情绪，他为生活的重担仅由自己承担感到委屈与不甘，而丈夫的变化妻子看在眼里却也是满满委屈不知该如何表达。每当家庭需要大项开支时，丈夫都因自己的不甘暗自闷气，而妻子也小心翼翼地避免争吵，强忍自己的委屈如履薄冰，经济也成了两人都不愿提及的敏感点，原本其乐融融的家庭氛围，唯独在经济面前越发变得严肃尴尬。

婚姻中夫妻扮演着各自的角色，角色原本不分主次，都在独一无二地推动着剧情发展，这些角色就像人体当中的不同器官，无论缺少哪一个都会影响整个人体的正常运作。然而，受到社会导向的影响，我们在不经意间给这些角色强加了主次之别，社会功能无形中影响了家庭地位。一些容易被社会大众关注的"外显角色"，如家庭主要收入者、家庭对外沟通者等等，会自然而然地被划分到主要角色的行列，而另一些易被社会大众忽视的"内隐角色"，如打理生活琐事者、家庭对内协调者等等，会被划分到次要角色一栏。有了主次之分，就不难理解上文中丈夫的不甘与妻子的委屈了。另外，在以男主外、女主内为主基调的社会观念下，婚姻中的女性角色往往不占据优势，由于生理上的差异，女性更加适合那些"内隐角色"，这也就直接导致包括丈夫在内的社会大众，往往会忽略女性对家庭的付出。其实，在觉察对家庭付出这件事上，不仅仅只有男性会忽略女性的付出，大部分女性自己也会忽略。夫妻在发生矛盾时，扮演"内隐角色"的一方往往会理屈词穷，即使每天扮演这些"内隐角色"也不是一件轻松的差事，但在社会导向及人们的认知偏差下，这些角色的功劳仿佛不值一提，久而久之，不讨好的"内隐角色"所导致的"无作为"，使自己变得哑口无言，默默地守着这份孤独，盼望着"一切都会变好"。

人们对家庭角色差异的感知，是在婚姻关系进展中慢慢形成的。当新婚燕尔在结婚典礼上，满腔真诚共盟"一起肩负婚姻职责与义务"之誓时；婚姻初期，满怀欣喜共酌"一起打造美好未来"之景时，我相信绝对是水乳交融、不分彼此的，只是后来我们忘记了"我们"。

好的婚姻不能一概而论，也没有效仿的标准。夫妻关系互为表里，相互共生，当彼此历经"只愿君心似我心"的悸动，"不负如来不负卿”的挣扎，"衣带渐宽终不悔"的决心，"心有灵犀一点通"的信任之后，再回看自己，已拥有谱写一首首浪漫诗歌的不问凡尘与不经世事，参透编纂一目目百科全书的不辞辛劳与不务空名，两人相视一笑，原来孤独也是一种幸福。

第三章 来自社交的"孤独"

　　如果说爱情是上天赐给人类的礼物，那么社交纯粹是人类自学而成的本领。从距今 300 多万年前的古猿人试图直立行走开始，人类的祖先就已经学着尝试社会交往。猿人们为了生存，建立十人左右的社会集团，以吼叫的方式相互传递信息，达到共同采集与狩猎目的。随着人类进步和社会发展，我们社交的模式也不再局限于声音，而变得更加多样，物品交易使人们能够获得自己物质上的需求，情感交换使人们能够满足自己精神上的需求，人们通过社交摆脱孤单，维持情感，形成社会。社交对于我们的意义远不止这些，我们应该对社交有更深一层的认知。社交是一种基础能力，它赋予普罗大众多样的语言和丰富的情感，来体验一次次人情世故的冷暖；社交是一种专业特长，它赐予外交大使敏锐的思维和缜密的逻辑，来见证一场场非战屈兵的胜利；社交更是一种发展动力，它给予社会关系进步的需要和升级的意识，来推动一代代社会变迁的进阶。人们在社交中对比和审视自己与他人的不同，以此来修正对自我他我的认知；人们在社交中探索和学习丰富的实践理论，以此来完成对经验知识的积累；人们在社交中感受和领悟人生的真谛，以此来升华对精神层面的哲思，最终人们在社交中实现成长，扩展人生。

如果把人类社会比作浩瀚的宇宙，每一颗星球代表一个独特的个体，个体之间彼此独立，各自运行，看似互不关联，但星球之间存在着看不见的引力，在引力的相互作用下，原本独立的星球相互关联，形成了自己的运行轨道，构建了庞大的星系。在社会中，人与人之间通过社交相互联结，形成了自己的社交圈，而不同的社交目的决定了个体存在多个社交圈的可能，这些圈子相互交织，最终形成了繁杂的社交体系。在现代社会中，人们的社交模式层出不穷，社交目的也形形色色，因志趣相投而形成的摄影群、驴友群、游戏群……因精打细算而形成的拼单群、购物群、打折群……因学习所致而形成的课程群、补习群、专业群……各类社交群不胜枚举，这些社交群大部分都因自身的功能所限，没有过多因素维持，大多都是昙花一现或是交流频率屈指可数，没有稳定可言。然而，在众多社交圈子百花争鸣的盛景下，有两种圈子一直处于不败之地，让我们魂牵梦绕、爱恨交织，那就是朋友圈和工作圈。

"对酒当歌，人生几何"

相识天下觅知音，一壶清酒慰风尘。什么是友情，它是"子期西去，伯牙绝弦"的态度，强化了我们与朋友之间那份"白首不渝"的忠诚；它是"雏龙稚凤，两小无猜"的纯洁，保持了我们与朋友之间那份"坦率无瑕"的真诚；它是"肝胆相照，两肋插刀"的豪情，激发了我们与朋友之间那份"挺身而出"的勇气；它是"心领神会，亲密无间"的温柔，滋润了我们与朋友之间那份"步调一致"的默契；它也是"君子之交淡如水"的清雅，沉淀了我们与朋友之间那份"静水流深"的从容。它从我们记事起就陪伴我们成长，以不同的"样貌"出现在我们每个人生阶段，"发小、死党、闺蜜"都是它的"称呼"。不分年龄，它可以是激励我们发现自我的"忘年之交"；不分性别，它可以是笃信我们慰藉情感的"红蓝知己"，因为"缘分"，我们与它"活到老，遇到老"，有了它的"加持"，我们才能在自己的人生道路上开出最茂盛的生命之花。

因为血缘，亲情显得那样局限，因为责任，爱情必须那样专一，而友情的出现，弥补了我们在诸多情感上的缺失。有的友情随时间的浇灌可以孕育出爱情，有的友情可以被称为"没有血缘的亲情"，它就像春雨润物一般悄无声息地渗入我们的生活里，充盈着我们的情感。当我们儿时寂寞时，是发小不知疲倦地陪伴我们上树掏鸟、下河摸鱼玩到淋漓尽致；当我们年少失恋时，是死党义无反顾地陪伴我们闭门酣歌、闲茶浪酒饮到不省人事；当我们历经挫折时，是知己视如己出地陪伴我们雨夜对床、促膝长谈聊到黎明破晓。朋友的角色从未缺失，朋友的陪伴见证成长。

在我们的人生大电影中，朋友角色的初次亮相是因为游戏的剧情需要，此后便一发不可收拾般接踵而至地出现在"寒窗苦读""红尘作伴""冠婚丧祭"等剧情里。不同剧情所吸引我们成为朋友的原因也不尽相同，从小时候的"能玩在一起"，到上学时"能学在一起"，再到后来工作时"能聊在一起"，随着我们的成长，我们交友的目的一直在改变。当你慷慨激昂，透过开往大学的火车回望过往挥泪告别时，迎接你的将是一个个"寒窗道友"；当你整装待发，站在凤凰花开的路口望向社会左顾右盼时，迎接你的将是一位位"工作良师"，特定的时间出现特定的朋友，成了串联人生大电影的固有情节，也是我们摆脱孤单、远离寂寞的主要技能。

　　朋友多了路好走，但朋友也要分远近亲疏。一些朋友只能同甘，不能共苦，当你加官晋爵时，这群朋友一拥而上，像是参加比武一般，非要争个离你最近的位置，但当你穷困潦倒时，这群所谓的朋友却东躲西藏，像是一群猢狲一般四散而去，这些朋友与我们没有情感羁绊，相交仅为利益，被称为狐朋狗友或酒肉朋友，所以不必在这里讨论。一些朋友与我们"萍水相逢""泛泛之交"，甚至只有"一面之缘"，一次酒吧放空的邂逅，一次同行邻座的机缘，抑或是一次拼桌进餐的偶遇，都是一次美丽的交错，两条平行线在短暂相交过后，又恢复原有的平行，相遇时相谈甚欢，相别后雁过无痕，这种短暂的朋友，就像夜空中匆匆一瞥的流星，美好却不影响各自生活，这些朋友从我们人生中匆匆路过，不会惊起一丝波澜，所以也不列入我们讨论的范围之内。还有一些朋友，与我们"惺惺相惜"，在人生的道路上相遇后，便一路相随，"你在闹，他在笑"的包容，使我们即使犯错也可以"恬不知耻"地向对方"任性耍赖"；"你知我，我亦知"的默契，使我们即使坐在一起不说话也不会感觉一丝尴尬，彼此在生活的交集中寻找共情，各自的逻辑思维、生活态度、人生格言，都无不激励着彼此要奋发向上，也时刻相互影响，改变着各自的人生目标，人生也因为对方的存在，变得更加完整、更加丰满。这些朋友让我们知道，在这个世界上，我们并不孤单，还有一群志同道合的人与我们同路而行。

"不知何处话桑麻？"

我一直认为，在好朋友之间一定要保持一些联结，这些联结可以通过语言交流实现，也可以通过实际行动维持，可以不经常联系，但不能断了联系，不用天天嘘寒问暖，但每当人生面临重要决定时，一定要分享给对方，告诉对方"我很好"。在冯小刚导演的电影《非诚勿扰》中，当秦奋告别好友邬桑时，对邬桑说，"以前要好的朋友都各奔东西了，我挺想你们的，有时候觉得特别孤独"。回去的路上，空无一人，邬桑独自开着车，哼唱着《知床旅情》惜别这段友情，路过一个个岔路口，车窗外北海道的风景，车子里温情旋律的萦绕，他断断续续地停下车子，终于压抑在内心多年的孤独化作眼泪，伴随着朋友的又一次的离别，在这一刻，如决堤般流溢。邬桑的伤感像是一把利刃刺中每个人的内心，年轻时曾经信誓旦旦约好要做一辈子的好朋友们，现在还有几个保持联系，又都去了哪里？

我曾深刻地感受过朋友离别的悲伤，只不过被送行的人是我。因工作需要，我常年远离家乡，早已习惯与家人、朋友聚少离多的相处模式。有一次因公要到国外工作一年，离别前夜，几个好朋友为我践行，小谈过后已近午夜，我开车送一位挚友回家。我与这位挚友，相识于大学，读书期间建立了深厚的友谊，毕业后各自在社会中奔波，鲜有交集，偶尔会一起小酌向对方交换彼此近况，所有关心与陪伴都化作一种默默的心照不宣。这次小聚后，我在送他回家的路上，他突然清清嗓子，用低沉的声音说："我们已经毕业十年了，这些年你经常缺席，有时候真的很想坐下来跟你聊聊过去、聊聊工作，你这一走又是一年……算了，等你安全回来再聊吧，一切顺利。"我没有回应。午夜的城市，斑驳的霓虹，清清冷冷的大街，透过后视镜我看到他润了眼眶，那一刻我感慨万千。在独自回家的路上，我有意绕了远路，这座我从小生活的城市，此时变得既熟悉又陌生，熟悉是因为这群朋友，陌生也是因为这群朋友。回望过去的十年，曾经有多少意气风发、挥斥方遒的同学年少，已被生活的艰辛一个个冲散人海；又有多少斗志昂扬、仗剑天涯的热血青春，不敌现实的冷酷一次次妥协麻木。宿醉惊醒的夜里，回想起那群朋友们，庆幸曾一起"策马扬鞭、享尽繁华"，惋叹现如今却"各奔前程、风流云散"，仰望星空，不知何处话桑麻？只得揣着对朋友的内疚来感受着属于成年人的孤独。

"白天不懂夜的黑"

比起空间上的隔离，朋友之间心理上的隔离更容易使人萌生孤独。有的朋友通过言语沟通维持联结，有的朋友通过周末小聚维持联结，这都是保持朋友情感的有效方法。然而，这一切都是建立在朋友之间仍旧保有心理平等的基础之上，如果没有这个前提条件，有些时候我们越是努力试着修复一段友情，越是倍感无力。我有一个朋友，她从小家庭优越、衣食无忧，为人热情真诚，对待身边的朋友也是耿直大方。可是，她经常会因为与朋友之间的相处产生困扰。有一次，她无意间听到朋友家中急需用钱，没等朋友开口，她便直接向朋友表达可以施以援手的意愿，结果被朋友一脸尴尬婉拒了。再有，当她看到朋友用一些简朴的生活用品时，她会很热情地向朋友推荐自己使用的一些牌子，因为她感觉那些生活用品会影响朋友的体验，结果可想而知，起初朋友还会搪塞几句以表谢意，到后来次数多了，朋友便选择不予理会，甚至故意避开话题。类似的事情经常发生，她不解，为什么自己一片真诚，换来的却是朋友的拒绝，长此以往总觉得跟朋友们融不到一起。其实，她的问题不难理解，朋友关系也是人际关系，除了感情这个核心要素外，心理平等也是维持友情的重要因素。任何一段关系都要有一个度，她的过度热情导致朋友们产生了低人一等的错觉，造成朋友之间的心理失衡。即使她的初衷是为了帮助朋友，但行为却过度干涉了朋友的生活，让朋友们感到不自在，最终落下个出力不讨好的结局，只能暗自惆怅。

据说大海中有一只叫作 Alice 的鲸鱼。1989 年科研队发现了它，并给它取名 Alice。但科研队在追踪研究的几年里，发现 Alice 与其他的鲸鱼不同，它所发出的声音频率为 52 赫兹，而其他鲸鱼的频率仅有 15~25 赫兹。这意味着，其他鲸鱼根本听不到 Alice 所发出的声音。从小到大，Alice 一直都是形单影只地活着，因为声音的频率与众不同，在茫茫大海户，它成为了最孤独的鲸鱼。与 Alice 一样，朋友之间同频才能同行。酒逢知己千杯少，话不投机半句多。我们都有过这样的体验，跟合适的人相处，话题永远聊不完，跟不合适的人相处，一句都不愿多言，这里的合适，就是指两个人频率相同。理查德·耶茨的《十一种孤独》里说道："我想所谓孤独，就是你面对的那个人，他的情绪和你自己的情绪，不在同一个频率。"物以类聚，人以群分。频率相同的人能产生共鸣，在生活中才能步调一致，频率不同的两个人，你说东他扯西，看似在交流，实则鸡同鸭讲，言语不通。知乎上有网友提问，"不知道为什么跟好朋友变得渐行渐远"，有一个网友这样回复，"没有无缘无故的渐行渐远，只是原因你没有找到而已”。渐行渐远就是频率不同的直接症状，因为频率不同，各自活在自己的世界里，两个人甚至都找不到合不来的原因，只感觉到心远了、不亲了，慢慢也就渐行渐远了，等回过头再来回味过去的好朋友，如今却只能相看两无言，惋惜彼此的不争。

"你在山顶望云川，我在山脚看枯木"

明代学者苏俊在《鸡鸣偶记》中这样描述朋友：道义互相砥砺，有过失互相规劝，称为畏友；关心在日常，舍身在生死，称为密友；油嘴滑舌，待人不诚，吃喝玩乐论交情，称为昵友；见利就争，遇祸就藏，称为贼友。可见，一段好的朋友关系，可以让两人相互扶持，携手越过人生中一道道山路崎岖；彼此砥砺，并肩完成人生中一次次自我成长，就像两辆赛车并驾齐驱，当一辆车累了乏了，另一辆会施以激励，重振精神继续上路；当一辆车坏了慢了，另一辆会给予帮助，放慢速度相辅相成，最终两辆赛车在自己的人生赛道上飞跃驰骋，完成一次次比赛，创造一个个壮举。德国文学家歌德和席勒是亲密无间的好朋友，因两人对文学的热爱使他们紧密相连。当席勒撰写《威廉·退尔》的剧本遇到瓶颈时，歌德倾尽所能，将自己所搜集到的相关资料全部提供给席勒，最终得以将剧本顺利完成。同时，当歌德撰写《威廉·麦斯特》的剧本时，也获得了席勒的鼎力支持。歌德与席勒不仅是生活上亲密的朋友，更是工作上合拍的伙伴，两人相辅相成，共同进步，歌德甚至将席勒喻为自己一半的生命，可见两人对彼此的重要程度。也正是因为两人一次次的相互砥砺，才给世人留下了一部部脍炙人口的佳作，成为让人尊敬的伟大文学家。歌德和席勒的友谊让人羡慕，同时也让我们有所启发，好的友谊需要双方共同进步才能维持长久，假若一方在自己的人生道路上不断努力，而另一方原地踏步不思进取，这样两人难免会产生思维断层，一旦断层形成，两人共同语言就会越来越少，终将守着好友的名号，却无好友的互动。

从我们接受教育的第一天开始，一路走来小学、中学、大学少说也有十五载的光阴用在学习上面，保守估计认识的同窗加起来不下百人，可我们现在仍然保持联系的还有几人？每次同学聚会，总有一些同学因各种各样的理由缺席，记忆里的同学聚会永远都凑不齐，即便是前来参加的同学也会不自觉地按照社会地位、工作收入分类就座，大家都更愿意跟与自己收入相当、地位相近的同学坐在一起。可回望过去，同学情谊的初始是当年大家日复一日寒窗苦读积攒起来的羁绊，是一点一滴嬉皮打闹拼凑起来的回忆，这也正是大家多年后相聚在一起的初衷，无关收入、无关地位，那为什么一切会变得像现在一样复杂？这是社会导向的引导，人生活在社会群体中，都会被社会价值观所影响，它就像拥有一股魔力一般催眠了我们，使我们在分析问题时，总会不自觉地出现一些影响因素来干扰我们对事情本身的判断。很少有人能够逃离这种催眠，即使少数明白人想要坚持做自己不被大众同化，那也不是一件容易的事儿。但也是因为存在这样的催眠，才促进了我们奋发向上，因为人人都不想被这个分层的社会所抛弃。然而，人永远都是复杂的，一旦涉及情感，这种社会分层思维就会影响到我们社交中的方方面面。

　　我有一个朋友，他和他的发小是初中同学、高中同学，大学考到了同一座城市，可以说亲如手足。大学毕业后，各自发展各自的事业。我这个朋友一直脚踏实地、兢兢业业干工作，为自己的事业努力奋斗，而他的发小却好高骛远，工作换了一个又一个，事业却一筹莫展。就这样，两人经过几年社会大熔炉的冶炼，已经不能同日而语了。也不知从什么时候开始，我的那位朋友像以往一样约发小小酌，发小总是一堆推辞，后来索性不再联系了。发小这个人生中特别的角色，随着时间推演这个角色一旦杀青就真的不会再有替身出现了。朋友和发小肯定是有情谊的，正是因为深厚的友谊，才更加使他们聚焦于现实的差距、执拗于思维的断层，一个心存不舍与无奈，一个怀着执念与内疚各自在对方的电影中杀青，独自感受着这份孤独。

朋友关系的维持就像一起爬楼梯。起初，我们与处在同一楼层的人相识，结交为朋友并一起爬向更高的楼层。但在爬楼的过程中，有的人速度太快，有的人不知疲倦很少休息，有的人步幅很大……经过时间的检验，起初的那些朋友已经在不知不觉中拉开了楼层的差距。如果两人之间的楼层差距不算太大，还能勉强听得到彼此的声音，依稀还能看到彼此的样子，偶尔还可以进行交流，但如果两个人之间的楼层差距已经大到各自听不见彼此的声音，看不到彼此之间的样子，更无法进行交流沟通时，那两人从此便只能心存怀念各自孤独地继续爬楼。也许有的人会说，无论我们爬得快还是爬得慢，每一层都会有人，我们可以结交新的朋友。当然，我们在爬楼的过程中会不断到达新的楼层、遇到新的朋友，但无论我们爬到多少层、结交多少新朋友，也无法替代在过去的日子里，与那些起初的朋友一起在低楼层看过的风景。断层使我们萌生了遗憾的孤独。

"死要面子活受罪"

相较于西方人际关系的直接，中国式人际关系的精髓在于：人情味。原本互相独立的两个人，因为各种情感、互动产生了联结，建立了关系。在一段关系中，情感是内在核心，行为则是外在表现，情感只有通过行为表达出来，才能让对方感受到心意，而行为有了情感的加持，才不会显得那样机械乏味。西方人在处理人际关系时，更容易区分感情和事情，会把两者分开来看。而在中国式人际关系中，事情往往会掺和着感情一起完成，这样行事的好处在于，事情做完后，感情也相应地加深了。朋友之间也是一样，通过你来我往的互动行为，一次次地加深友谊，再用深厚的友谊升级互动体验，形成"情感—互动行为—高情感体验"的良性循环。然而，随着朋友之间相互了解程度的深入，影响互动行为的因素，不仅仅只是情感这一个核心因素，一些由个体心理体验而引起的刺激因素，成了朋友间影响互动行为的诱因。情绪体验就是其中之一。在生活中情绪体验随时都有可能发生，可能因为朋友在聚会时的一句不合时宜的玩笑，就有很大机率引发当事人不愉快的情绪体验，如果这种体验较为强烈，则很可能当事人就会提前结束聚会。反之，如果聚会时，当事人因为聚会内容体验到愉快的情绪，则很可能会延长聚会的时间。一般情况下，情绪体验对朋友之间互动行为的影响会按照所产生情绪的性质，来对行为进行积极或是消极的干预。然而，当遇到一些较为棘手的问题时，如何解决这些问题，很可能会让当事人认为，别人会对自己的评价变得负面，这时，情绪体验对互动行为的影响显得不再那么重要，取而代之的是当事人认为的别人对自己的评价。我们自己认为的看重别人的评价有一个很接地气的表述，那就是要面子。

在学生时代，我们对考试成绩的理解似乎远远超出了它原有的存在目的。考试成绩的好坏会直接影响我们对好同学的判断。当自己的考试成绩与好朋友差距太大时，我们因为害怕成绩会给自己带来负面评价，甚至几天都不愿去和朋友接触。成年后，与朋友聚会谈论最多的话题就是自己的工作，工作岗位、工作性质、工作体验都会成为我们衡量事业成功与否的筹码，仿佛拥有一份好的工作是同龄人之间最硬朗的谈资。在这样的价值导向下，我们在与朋友小聚时经常会避重就轻地谈论自己的工作，甚至还会夸大、美化。我们小时候因考试成绩差，哪怕是愿意忍受独处时的孤单，也要回避朋友；成年后怕不被朋友认可，即使是承受谎话背后的忐忑，也要美化工作，这些都是为了所谓的面子，为了虚无的面子我们却忽略了比之更重要的东西，对朋友的真诚。

我有一个发小，我们从小到大亲密无间无话不说。一次机缘巧合下，我们看上了同一楼盘，索性一拍即合，打算把房子买为同一楼层，将来做邻居。本来是一件高兴的事儿，可到了交首付的日子，他却不见踪影了。在我疑惑地询问后，他说买房是大事要多考虑考虑，听到他的答复，虽然很惋惜，但我还是表示尊重他的选择。谁知造化弄人，当我付完首付后不久，房价就大涨了起来，此后关于买房这件事儿，他便心有余而力不足了。后来，一次偶然的机会，我得知他当时没有一起交首付的原因竟是因为自己囊中羞涩，而且当时不好意思向我开口寻求帮助，怕我看不起他，就是因为不好意思错失了买房的良机。得知真相后，刹那间我内心五味杂陈，一方面因为自己没有及时感知到好朋友的难处，感到自责与愧疚，另一方面，因为好朋友在买房这件事中，他的面子战胜了理智和友谊，感到气愤与惋惜，多种复杂的情绪体验下，我深感孤独，不知所云。我相信，当时他在要面子还是要帮助之间做选择时，一定是犹豫万分，而这其中的艰难，想必也是一种无以言表的孤独体验。时过境迁，当我们再用理性分析这件事情时，会发现，他因为要面子而引出不好意思的想法，完全是源于自己的错误认知，作为好朋友，我不会因为他的困难来判定他的能力以及他的为人，更谈不上看不起。同样，假设他当时真诚地向我寻求帮助，我也应该按照自己的实际情况给予真诚的回复，这才应该是朋友之间摆脱面子之后应有的相处模式，至于面子，仅仅是自己给自己设定的无形压力罢了。

友情完整了我们的情感世界，它就像一杯水看似平淡无奇，却又不可或缺。当我们面向朝阳奋发向上时，它是支持你努力工作时挥洒的汗水；当我们面对挫折倍受煎熬时，它是体谅你涅槃重生时流下的泪水。有时它是一杯咖啡，提醒我们在得意时也要保持清醒；有时它是一樽美酒，鼓励我们在失意时也要重拾信心。与朋友相处，就像是欣赏一部《艺术宝典》，其中的每一章节都是一段直击灵魂的体验，路边的一草一木、一花一树都有可能激发我们顺其自然、随心而动的艺术天性；朋友的一颦一笑、一言一语都有可能升华我们历经世事、随性而生的孤独感受。

"有人的地方就有社交"

有一种社交关系出现在我们工作以后。当我们寒窗十载，怀着一身绝技，满怀憧憬地离开校园闯入社会，抱着大干一番事业的决心，踏上我们第一个工作岗位，经过一轮又一轮的初生牛犊、四处碰壁、卷土重来、重蹈覆辙的职场磨炼之后，结果却发现，在工作中，比我们大显身手更重要的是社交关系。对于绝大多数刚刚走进工作岗位的年轻人来说，为了能让自己沉寂多年的才能得以充分发挥，拥有一份对于工作的热情以及急于证明自己的态度，成为这些年轻人完成人生阶段进阶的标配思维。在这种标配思维的指导下，职场新手们往往对自己的所学抱有绝对的自信，加之年轻人特有的那股子蛮劲儿，使他们无暇顾及什么是江湖规矩，就像一个愣头青一样在新环境中"横冲直撞"，用自己的实际行动诠释着"看山是山，看水是水"的初级人生阶段。职场新手这一系列的操作，在老前辈看来像是观看当年自己的回放，一边回味着自己过去的单纯行为，一边感叹着自己现在终于媳妇熬成婆，信誓旦旦地等待着这些新人在碰壁之后来向自己拜师学艺。当这些新手使出浑身解数，依然未能取得领导的青睐，依然未能领会到混迹职场的真谛时，那股天真与蛮劲儿很快就会被现实压抑在内心深处的某个角落，取而代之的是对自己看到的"山"是不是"山"产生的怀疑与困惑。在新手们懂得能力并不仅仅只是专业水平这个道理时，虚心向老前辈们请教、取经，仿佛成为他们领悟江湖立足之道的捷径。就这样，职场中的旧人传新人的循环，毫无悬念地又一次如期而至。

有人的地方就有江湖，社会就是江湖，是江湖就要有规矩。什么是江湖规矩，简单地说就是那些能让你在职场中事半功倍的法门，这些法门没有制式的规定，就像武侠小说里的各个门派一样，各有各的神通。有的神通如降龙十八掌般刚硬，看待问题独具慧眼，处理问题直捣黄龙，绝对是职场中的佼佼者，他们如独孤求败一般存在，实属难得，绝大部分新人只可远观膜拜，不敢奢望习得；而有的神通类似斗转星移般柔滑，遇事周旋、行事多变、从不硬刚，职场中这类游侠比比皆是，他们虽不能像独孤求败般叱咤风云，但凭借自己的处事本领也能混得纵横职场的美誉，这类功夫凭借自身周期短、见效快的优势，引得了大部分新人争相效仿，而它的精髓就在于职场社交，江湖即社交。社交就这样成了职场新人们开启事业大门的第一把钥匙，也是此后毕生都在学习的必修课程。

"酒肉穿肠过，孤独心中留"

说到职场社交，就不得不提到中国的酒桌文化。自古以来，中国的餐桌上都少不了琼浆佳酿的点缀，无论是古时"斗酒诗百篇"的豪迈、"煮酒论英雄"的气魄，还是现代"杯酒遇故知"的酣畅、"美酒敬良人"的柔情，推杯换盏，觥筹交错之间，映射着的皆为酒中的社交之道。贤人雅士、迁客骚人行酒时的飞花令，更是将饮酒、作诗、交际发挥到了极致，完美结合浑然天成。而在现代社会，那些闲情雅致下的情趣早已变成了现代人拼酒时简单粗暴的行酒令，酒文化没有了文化就只剩下了酒。酒是一种神奇的东西，它能怂恿胆小懦弱的人变得口无遮拦、毫无保留；它能蛊惑情感内敛的人变得袒露心扉、毫无顾忌，借助酒的作用，降低了我们对外界的防御，拉近了我们彼此之间的距离，也正是因为这种神奇的力量，我们才热衷于与它相伴，不离不弃。中国人无酒不成席，新婚典礼上的女儿红，见证小儿成长的满月酒，朋友离别时的饯行酒等等，酒成为各大宴会上的宠儿，更是职场中生意洽谈、收揽客户时的座上宾。

新人们要想领悟职场社交中的精髓，首先就是要过喝酒这一关。在职场社交中，酒的存在已经不再是为了简单地烘托气氛，酒成了一种取悦领导和客户欢心的法宝。酒到深处情意浓，借助酒精的魔力，人与人之间的情感仿佛暂时被酒精所量化，感情深不深就看闷不闷，酒量成了衡量感情的容器，也成了与领导拉近距离的捷径。新人们因此尝到了甜头，看着这些学校里学不到的功夫，一个个争先恐后，以身试酒。然而，小酒怡情，大酒伤身，当喝酒不再是为了助兴，而变成了为了喝酒而喝酒时，我们是否应该思考一下，酒对我们的意义是什么。

我有一个朋友，他大学毕业后，应聘了一个销售的岗位。作为公司里的新人，他不放过每一次证明自己的机会，很快就受到了组长的赏识。每次因公洽谈，组长都会把他带在身边，很长一段时间，陪酒成了他工作的重要内容。经过一次次的磨炼，他的酒量见长，业绩水平也随之提升，也因此得到了组长的认可。可好景不长，一次体检时，医生告知他患有脂肪肝，如果继续饮酒，很可能会带来更严重的后果。一方面是事业的上升期，一方面是自己的健康，这酒喝与不喝成了他的难题，又不敢与人倾诉，害怕领导知道后影响自己前程。每次在喝酒之后，都会因为担心自己的身体而感到自责，但又舍不得拒绝眼前的业绩。久而久之，他开始质疑现在的生活，找不到人生的意义，质疑过后却又没有勇气改变，终日沉浸在给自己架设的矛盾轮回中苦不堪言，独自承受着这份孤独。朋友的经历不是特例，它是现代职场大多数年轻人的缩影。对于职场新人来说，领导的认可、业绩的提升以及可期的前程都是赤裸裸的诱惑，在这种诱惑的刺激下，新人们顾不上去谋划长远，眼前的诱惑蒙蔽了自己的智慧，一次次酒局的背后是背负着自责的孤独。

"初生牛犊怕孤独"

如果说社交酒局给刚入职场的新人们带来了自责与困扰的话，那么这些职场新人离校时自带的那股傲气与职场中所受到的冷漠，给他们带来的则是对自己的质疑。从小到大，我们在学习这条路上从不孤单，外有父母、老师的严格要求，内有好好学习，才有好出路的坚定信念，学习成了我们人生前半段的主要任务。学习好仿佛与好工作建立了某种正相关，学历也成了找到一份好工作最直接的筹码。当莘莘学子们走出象牙塔踏入职场时，多年的苦读终于可以大显身手，这时学历成了他们衡量能力的傲气。然而，当这些新人带着理想实战于工作时，业绩的体现并没有考试的标准，更没有论文的格式，学历在此刻毫无用武之地，在傲气的蛊惑下，本着不屈服的态度，他们往往不甘下问，宁愿选择自己摸索，幻想着自创一套独立的掌法，以此混迹江湖。直到经过几番滚打、屡屡受挫之后，新人们看到比自己学历低的领导、前辈在工作上的游刃有余，承认了自己的差距，初生牛犊般的傲气一时被摔得粉碎，于是他们开始质疑自己漫长的求学之路，困惑于学习的意义，对自己的质疑、对他人的不甘，一时间使他们乱了节奏，慌了阵脚，生活变得郁郁寡欢。

我有一个朋友，研究生毕业后被分到了基层单位工作。原本以为可以分到上级单位的他，对自己的单位始终保有一丝不屑，看着自己的领导、同事学历都不如他，他心有不甘，用他的话讲，整日忍辱偷生般等待着调离基层。他在基层做着简单的统计工作，在工作了一段时间后，他发现自己的出错率屡创新高，看着因为自己而拖累大家的工作，即使没人责怪，膨胀的傲气也使他无地自容。在经历了一番思想挣扎后，他开始向前辈们请教，原来统计工作看似简单，但它需要单位几个部门的通力配合，一个部门出错，就会满盘皆错，而这其中的人际关系占了很大的比重。他恍然大悟，原来工作效率和学历不成正比，没有简单的工作，只有经验丰富的工人。也许，这是每一个职场新人都要经历的过程，唯有忍痛脱去自己的傲娇，才能明白衡量工作能力的标准，不仅仅只有学历，比之更重要的还有日积月累的经验，要想重建新认知，必须要有打破固有认知的勇气，才会在职场中柳暗花明。而在此之前，我们会在自己的傲娇与下问之间来来回回地进行斗争，无论谁占上风，我们都要体验那种痛苦而又难忘的孤独。

"比赛第一，友谊第二"

职场如战场，每一个成功的领导者都是历经无数次厮杀，才可脱颖而出。在金字塔式的晋升结构中，竞争关系成了同事之间的主流。赛场无父子，在职场竞争关系中，同事之间没有义务像自己父母或是朋友那样，义无反顾地包容我们的失败。在僧多粥少的大环境下，没有人愿意把竞争胜利的奖品拱手相让，大家都使出浑身解数，卯足了劲儿向前冲。这些胜利奖品大多都直接与现实挂钩，关系着自己的岗位和薪酬，一个是名，一个是利，名利涵盖了绝大部分职员的目的。在名利面前，友谊则显得更像是一种昂贵的奢侈品，遥不可及，毕竟大家进入职场的目的都不是为了交朋友。然而，人摆脱不掉感情动物的命运，同在一个屋檐下，与同事朝夕相处，日子久了总会生些情分，一旦有了情，原本简单的事情就变得复杂了起来。尤其是对于刚入职的新人，这些新人虽然已踏足社会，但仍旧保有学生时代的单纯与青涩，而单纯与青涩就是"看山是山"的代名词，如果还用学生时代的社交思维去混迹职场，显然有些不合时宜。在工作中领导随口的一句嘘寒问暖都有可能被新人们理解为是对自己的特殊关照，下班后前辈偶尔的一次搭车相送也可能被新人们误以为是对自己的交友信号，这时的新人已然忘记了自己参加工作的初衷，怀揣着对领导及前辈们的幻想，各种敬仰之情、感恩之情油然而生。当一切幻想经过时间的提炼后，当领导的认可一次次花落他家时，新人们才恍然大悟，原来自己一直认为的美好，只是一场建立在一厢情愿之上，美丽的误会而已。其实在职场中是存在情分的，但在利益当头的环境里，情分只能退居二线。新人们对于领导的敬仰之情是一对一的关系，而领导对于新人们的嘘寒问暖则是一对多的关系，两者从载体数量上就没有平等可言，只可惜大部分新人的盲目幻想，高估了自己的能力，一时间忘记了竞争关系才是职场中的核心结构。当新人们认清真相后，才发现自己混迹职场还有很长的一段路要走，需要很长的时间去适应同事有别于同学的社交思维。而在此之前，新人们只能在夹杂着否认自己、嫉妒他人、纠结过去、困惑现在的孤独中，一次次调整自己的工作目标。

"潜规则"背后的辛酸

当职场新人们能够意识到职场和校园的区别时，他们才算是正式踏上了事业之路的征程。新人们对于职场社交的学习，就像修炼"武功秘籍"，前期出入江湖时初生牛犊般的鲁莽，随时间推演，在无数次碰壁之后，慢慢修得了三思而行的本领。这时新人们已与初期的自己大相径庭，已然悟出了几分社交的真谛，遇事时不再横冲直撞，处事时试着察言观色，对领导的幻想也逐渐变得更加客观。在几番摸爬滚打过后，新人们也逐渐分清了职场中规则与感情的界限，也开始对眼前看到的山的真实性发出怀疑，对自己在职场中的位置也有了合理的定位，跟着前辈们虚心受教，学着收敛脾气，完成由稚嫩到成熟的蜕变，对于自己的工作目标也有了较为实际的定义。一切都朝着积极向上的方向发展，只要这些职场新人脚踏实地地按照此法修炼，假以时日定会成为一个个纵横职场的"武林高手"。奈何，武林高手之路必然不会一帆风顺，它需要习武之人日复一日持之以恒的毅力，以及力排杂念心无旁骛的决心，这些条件注定了它将是一场漫长且孤独的修行。然而，造化弄人这条路上的诱惑实在太多，各种旁门左道、歪门邪道层出不穷，这些新人厌倦了百无聊赖的枯燥修行，稍有不慎就会误入歧途，落下个走火入魔的下场。

职场社交远比我们看上去要复杂得多，那些刚入职就能"看得到、摸得着"的条条框框，都是职场中的"明规则"，这些规则一视同仁，人人都要遵循，像是习武前期的基本功，怎么扎马步、怎么后空翻都有明确的规定，一个个职场新人经过一段时间的修炼后，似乎掌握了一些混迹职场的门道，于是一些耐不住寂寞、不安于现状的新人，为了尽快习得"绝学"成为武林高手，本着富贵险中求的态度，剑走偏锋，开始寻找一步登天的招式。这些招式没有约定俗成的章法，却又广为流传、切实有效，它们大多大隐于世、见不得光，在职场中流传着各种版本的传说，投其所好、阿谀奉承、借机上位等等都是它们的代名词，经过"历史"层层淘沙，口口相传屡试不爽，它们就像是武林中的"无影刀"虽不见其形，但用得巧妙能招招致命，它们就是职场中的潜规则。我们不能用非黑即白的态度来定义职场中的潜规则，潜规则打破了职场中的公平竞争，也使职场竞争变得更加激烈，而职场中的核心关系就是竞争。虽然大部分人对于潜规则表面上都持有嗤之以鼻的态度，但对潜规则行为的效仿却又司空见惯，尤其是潜规则背后所引发的竞争效应更是让领导喜闻乐见。从某种意义上来看，潜规则的存在划分了职员类别，职场中擅长潜规则行为的"溜须拍马、指鹿为马"

型职员，这类职员往往是领导面前的"红人"，而另一类则被称为"当牛做马、单枪匹马"型职员，这类职员对潜规则保有自己的操守。尽管我们不愿意相信，但在职场竞争中公平的定义是相对的，工作量与收获不成正比，常被领导表扬的是"溜须拍马"，受到提拔的是"指鹿为马"，被打压的是"单枪匹马"，而最不受待见的却是"当牛做马"，这类"当牛做马"型代表了职场中大部分职员的状态，他们有个接地气的名字——老实人。

在竞争激烈、人才辈出的职场中，老实人从来就没有一席之地，老实人对于职场潜规则的参悟向来都是"只可远观不敢亵玩"，他们兢兢业业，本本分分，一丝不苟地遵循着职场中各项"明规则"，从不迟到、早退、请假、旷工，这样的人在职场中随处可见，换句话说，少一个也不影响整体局面，甚至都不会引起领导的察觉，可职场终究不是"收容所"，没有一技之长注定只能被沦为他人的"分母"。在金字塔式的竞争体系中，无法被替换才是自己晋升的筹码，而潜规则给这个筹码带来了足够的施展空间。可遗憾的是，职场中的"老实人"干着最累的活、领着最低的薪酬，看着同事晋升却不明白其中的道理，多年的辛苦换不来晋升机会，在外界看来就是一种"不上进"，在这个"残酷"的职场中，默默地领着自己的月薪，饱受质疑地维持着生计。

记得我刚参加工作时，一位老干部准备退休，部长请客给他送行。酒过三巡，他义愤填膺地道出了自己的不甘，"我勤勤恳恳干了二十年，没有功劳也有苦劳，最遗憾的是，最终都没能当上科长，干了十几年助理员，心有不甘，我一直都不明白，不知道自己到底哪里做得不好，不受各届领导重视，以前看着自己的同龄人提升职务，说实话心里特别嫉妒，我工作也不差，为什么不是我？后来，看着比我年轻的人提升，我心里更不是滋味，整天被小年轻安排工作，我真是有口难言。现在，我算是明白了，机会都是自己争取来的，不会等着你，是我没有搞懂其中的道理，说到底还是自己技不如人"。听完他的一席话，当时的我不明所以，只当是老干部不甘背后的"不吐不快"。然而，现在想来他的话代表了大部分老实人的心声，事实证明那种只知道干活忽略了社交的思维方式，与职场规则相悖，看似一腔委屈，实则都是潜规则背后的心酸。潜规则作为职场中的武林绝学，它成就了一些人的同时，也让大部分人以事业为代价，长期感受着有口难言、有苦难诉的"孤独"。

社会交往是一门"技术活儿"，想要将它练得炉火纯青，就不能一蹴而就，这是一个漫长的修炼过程，需要通过与外界互动以此来提高自己的"功力"。我们离开"新手村"带着一份对社会的憧憬"初出茅庐"，正式踏上"社交修炼"的道路，在"闯荡江湖"的日子里不断提升着自己，这期间不乏有"潜心修炼"时的参悟，有"切磋武艺"时的醒悟，也有"高人指点"时的顿悟，经过一系列的修行，最终定义了属于自己的"武林秘籍"。在人生成长的过程中，因经历不同每个人形成了自己独特的社交方式，并以自己的方式去结交朋友，去闯荡社会，社交开拓了我们的眼界，也使我们认识到了自己的局限，人们通过社交摆脱了孤单，却因为社交衍生出了"孤独"。

第四章 来自"自己"的孤独

　　两千四百多年前的一天，孔子的弟子之一曾子，向自己的老师提出，"吾日三省吾身：为人谋而不忠乎？与朋友交而不信乎？传不习乎？"大概意思是说，"我每天都要多次反省审查自己：有没有替别人竭尽全力地去做事？和朋友交往有没有做到诚信？以及老师所传授的东西有没有做到经常温习？"曾子继承了老师孔子的衣钵，"内省慎独"的修养观将关注点聚焦到自我认知。无独有偶，两千多年前古希腊太阳神德尔菲神庙的外墙上，刻下了苏格拉底留给世人的箴言："认识你自己"，这份珍贵的礼物流传千年，实现了人们将关注点由神到自己的转变。

康德曾经讲过，"当我们第一次正确使用'我'来说自己时，我们面前就升起了一道光。这道光就是智慧，就是'理性之光'"，这就是自我意识的萌发。弗洛伊德将《人格理论》公诸于世时，"本我、自我、超我"的构架使人们第一次意识到原来自己对自己的认知远远不够。人本主义流派代表人马斯洛提出"需要层次理论"，从生理需要、安全需要、爱与归属、尊重到自我实现，将人们对自己的探索从抽象的哲学领域拉到了现实本体。古往今来，从古希腊时期的哲学思想，到近代心理学研究，人们对"自我的探索"仿佛从未停止过，然而现代社会人们日出而作，忙于奔波，学生忙于学业，为每轮月考绞尽脑汁；成人忙于事业，为每次晋升心力憔悴，各行各业都有属于自己的任务终日不停，比起考虑物质品质这类现实问题，对自我的探索变得越来越不被人所提及。当每天吊着精神的不再是一个个激情梦想，取而代之的是一杯杯速溶咖啡；当和朋友们聊天的话题不再是年轻时的"踌躇满志"，而是一幕幕生活吐槽；当每天回到家筋疲力尽瘫软到沙发上时，我们可曾想过，眼前的日子是否生于我们的内心，生活的意义究竟是什么？"我是谁？我从哪儿来？我到哪儿去？"这个经典的哲学三连问，总结了当代很多人的处境。

"镜子里，那张陌生的脸"

"我是谁？"你可能觉得这个问题略显滑稽，以至于都不愿花费时间去问自己。如果非要我们去回答这个问题，大部分人会以"我还能是谁？我是×××""我是一名医生／老师／警察……"这样的回答，来搪塞自己。名字、职业都是人们给自己定义的概念，是我们生活在社会中的"客体"表达。我们用名字、职业来定义自己，就是把自己客体化的过程。而"我是谁？"这个问题的背后是对自我意识的探索。我们从出生到成年，这是一个不断认识自己的过程。在这期间，我们从最初只关注到自己的"主我"阶段开始，随着时间推移，通过父母老师的教育引导以及我们与外界社会的接触探索，慢慢地我们开始融入"他我"的概念，开始学着用一种大众认可的概念来定义自己，这种概念包括工作、学历、成就……当这些来自于外界的定义达到足够多的数量后，我们开始思考，这些概念是否能够诠释我们的"主我"，这是一个反复尝试且无限深入的过程，这个过程就是我们的自我意识。简单来讲，我们自我意识的过程就是超越自我—探索外界—定义自我—修正自我—再回归自我，从"我"出发，最终回到"我"。然而，现代社会中的绝大部分人都在探索外界的阶段里迷失了方向，无法自拔，已经忘记要回归自我了，一味地用大众的概念来定义着自己，活成了别人的样子，却忽略了自己。

　　小的时候，我们对着镜子做出各种鬼脸，沉浸在与自己的游戏中，感受着自己给自己带来的欢乐；长大后，我们仔细端详镜中的自己，脸上却再也没有笑容，一抹陌生感直上心头。我们被诸如父母的贴心棉袄、朋友的知心达人、老师的得意门生、老板的得力干将等等之类的头衔，紧紧捆绑，它们就像一个个沉重的枷锁将我们牢牢紧套。这些听上去如此美好的标签，每一个都是身边人对我们的客体定义，为了能够更加符合这些定义，我们努力地摸索着标签背后的各种标准，并不断地向这些标准靠齐，即使是累了倦了，我们也要戴着一副微笑的面具去接受这些头衔，因为这就是一直以来我们认为自己该有的样子。我们之所以热衷于身边人给我们灌输的这些标签，是因为我们不想草草于世，却又"懒"于反思，解决这一矛盾最直接的方法就是活成大家所希望的样子，毕竟比起吾日三省带来的压力，邯郸学步显得更加轻巧、方便。久而久之，曾经那个镜中的快乐少年郎早已消失得无影无踪。然而，即使我们拼尽全力活成了标签下的样子，在短暂的满足过后又会迎来新的标签，周而复始，不知所措。终于在某次筋疲力尽之后，我们脑海中萦绕起了那个终极命题——"我是谁？"

"回不去的从前"

　　每个年代都有属于自己的特点，不同的时代背景孕育出了我们不一样的童年，也塑造了我们不一样的中心特质。70后的保守，80后的内敛，90后的开放，虽然特质各有不同，但相同的是都有一个快乐的从前。现代社会飞速发展，生活品质更新换代的速度超越了我们的想象，生活节奏日新月异的变化等不及我们的适应，来自生活、工作、学习的压力，像一只只无形的大手，将我们推操着向前挪步。在这些大手的催促下，我们来不及欣赏沿路风景，也没有时间去思考梦想与追求，我们唯有不停地赶路与追逐，来附和着千篇一律的生活，日复一日。当一次偶尔的邂逅出现，这个邂逅有可能是一瞬曾经美好的回忆，有可能是一段纯洁清澈的友谊，也有可能是一幕激发过往的场景，这邂逅就像是儿时伙伴儿的缩影，仿佛时间倒流，唤起了我们沉睡已久的童稚，不掺杂一点点瑕疵，引得我们顿足陶醉，一时间拒绝长大，摒弃现实，忘记压力，这就是情怀。

　　羊肉泡馍是每一个西安人挥之不去的情怀，溶于血液，深入骨髓，它对于西安人的意义早已超出了美食的概念。作为一个土生土长的西安人，我的父亲也不例外。由于工作原因，我回家的次数屈指可数，可每次只要一回家，无论时间长短，他都要带着我去泡馍馆吃一次羊肉泡馍，这成为我们父子俩心照不宣的交流方式。每次吃泡馍，父亲都有指定的泡馍馆，十年如一日地坚持自己亲手掰馍，这在我看来就是多此一举。现在的羊肉泡馍馆都提供机器掰馍的服务，比起自己掰馍，馍块均匀、省时省力。可父亲说，"机器压出来的馍，没有那个味儿。以前吃泡馍，认识的、不认识的都是拼大桌坐在一起，一边掰着馍，一边聊着天，谈天说地畅所欲言，一吃就是一晌午；熬汤的锅从来都不换，煮馍的羊肉汤都是老汤，那个味道才正宗、才地道。现在可倒好，大桌子都换成了小桌子，老汤锅也换掉了，自己连馍都不用掰了，早就变味儿了！"作为年轻人，我能理解羊肉泡馍的更新变革，也能理解父亲的执念，但却不能感同身受地去领悟父亲的那份情怀。羊肉泡馍对于父亲的意义远超越了一碗饭的重量，一碗泡馍勾起了他对从前的回忆，面对泡馍的改革，他只有被动地妥协，亲手掰馍便成了他唯一能与过去产生联结的坚守，这是他们这一代人才能共情的固执与情怀。

　　每个人都有属于自己的情怀，也许内容大相径庭，可感受却是如出一辙。谁的手机里没有几首自己可能不听，但就是要保存下来的歌曲；谁的电脑里没有几部自己可能不看，但从来不愿意删除的电影；已为人妇的妈妈，即使身材走样，衣柜里依旧珍藏着那双帮助她实现"公主梦"的芭蕾舞鞋；已近中年的男人，即使如牛负重，裤兜里仍然保留着那颗陪伴他"征战四方"的玻璃弹珠，这些歌曲、电影、舞鞋、弹珠都是我们对过去一切美好的证明，也是我们对曾经一切拥有的留恋。几年前上映的电影《魔兽》，是一部标准化的商业大片。论口碑，杂乱无章的剧情、用力过猛的演技都成功地让这部影片沦为了烂片行列，但奇怪的是，这部电影的票房并没有受到其烂片名声的影响，据网络渠道统计，仅中国境内，该片的票房就已达到14亿，一时间让这部票房与口碑不成正比的电影成了娱乐影视圈热议的众矢之的。其实，这个结果在意料之中，《魔兽》电影改编自游戏"魔兽世界"，"魔兽世界"自开服以来就风靡全球，各个国家的男孩都为之动容，它陪伴了一届又一届少年的成长，见证了一代人的青春。如今，当年那些叱咤艾泽拉斯大陆的少男少女，早已为人父为人母，曾经的"联盟""部落"，早已被生活的现实所取代。《魔兽》电影的上映，给了他们一次追忆从前的机会，为了这两个小时的青春，他们义无反顾地走进了电影院。电影只是一个平台，它给了我们暂时忘记现实、重返那段青春的机会，也激发了我们对从前的情怀。

羊肉泡馍也好，《魔兽》电影也罢，它们都是我们通往过去的时空隧道，穿过隧道，我们仿佛又看到了曾经那个快乐少年郎的样子，即使短暂，甚至毫无逻辑可言，我们也依然会选择任性，去找回尘封在深处的"我"。情怀激发了我们体验自己的冲动，自我意识的逻辑短暂地回归正轨，这是我们抛开标签、卸下面具勇于回归自己的最后妥协。然而，一觉醒来，上班的人潮、下午的会议又将无情地把我们拽回现实，情怀又一次转化成了那份仅属于自己，如烟般的孤独。

"成年维特的烦恼"

曾几何时，你是否有过这样的幻想，"突然有一天，我们的学识、经历以及眼前的一切都幻化成一场梦境。当梦境醒来，我们仍是襁褓中的婴儿"。这种天方夜谭式的幻想，乍听起来难免让人觉得像是无稽之谈，可令人意想不到的是，我听过周围不只一个朋友分享过类似的幻想。这种不约而同地"幻想"绝非偶然，大有"卢生一枕梦黄粱"的韵味，背后都暗示了我们对现实的不满与逃避的欲望，对现实不满的根本原因就是没有回归自己。现代社会给我们带来了物质上的便利，也给成年人带来了精神上的压力。环顾四周，处在崩溃边缘的成年人比比皆是；放眼网络，引发成年人崩溃的视频历历在目，看着别人若有所思，自己何尝不是其中一员。

对于大多数成年人来讲，他们处于上有老、下有小的年纪，是家庭里的绝对核心，如顶梁柱般的存在。他们既要担负家庭中上至父母赡养、小孩教育，下至柴米油盐、衣食冷暖这样的生活负担，也要承担社会中调职竞争、人际维持这样的工作压力，白天要应付各种职场交锋，晚上要应酬各类人际酒局，回到家里还要应对成堆的家务琐事，每天连轴转，好不容易熬到了星期天，疲惫了一周的身体，再也无力忙于其他，周末勉强能用来恢复损失了一周的精力。当少年"维特"到了成年，那点烦恼将毫无保留地全都变成了压力。

然而，成年人要面对的不仅仅只有这些压力，在现代社会各种主流价值观的引导下，作为一个成熟的个体，你的一言一行都将被限定。首先情绪管理就是一个人成熟的标配。在大众场合下拥有合理控制情绪的能力，仿佛成了每一个成年人的"基础设置"，如果你不顾及他人感受任意发脾气、耍性子就会被贴上"不成熟"的标签，一旦被贴上标签，大家会默认地将你划分到不合格成年人的行列，这也就意味着，你将会受到很多"特殊"待遇，比如远离你就是其中之一，人人都不想被远离，于是都会强逼着自己开始学着控制情绪、收敛脾气。情绪管理对于个体适应社会环境来讲，本身没有问题，也是成熟个体的必修课，但绝大多数人都将管理与克制、压抑画上了等号，为了适应成年人的"游戏规则"，他们开始变得沉闷，不再表达自己的情绪，甚至不再轻易表达自己的想法与观点，慢慢地他们变得审时度势，却唯独忽略了考虑自己。其次，自我修复也是成年人需要掌握的一项核心技能。斯科特·派克在《少有人走的路：心智成熟的旅程》一书中说到，"懒惰和逃避应该被添加进七宗原罪之列"，他对人类懒惰的态度可见一斑。懒惰是人类的天性，如果不是为了更好地生活在社会中，我相信没有人会把努力当成兴趣。成年人白天要面对工作中形形色色的人和事，领导的不公、同事的竞争、客户的质疑，晚上还要面对繁杂的家务琐事，这些都有可能激发我们的负面情绪，但依仗着自己的情绪管理能力，大部分人会选择以沉默应对，逐渐会对类似的情景感到厌烦，变得想要逃离，而这时自我修复能力就显得尤为重要。自我修复需要时间以及空间，一天到晚，真正能够留给我们自由支配的时间，少之又少。试想一下，我们有多久都没有晚上十点前入睡了，睡前时间对大部分人来说，显得弥足珍贵。大部分成年人隐忍了一天，会选择报复性地利用自己的睡前时间，他们开始玩游戏、刷视频、逛网店，沉浸在自己可以做主的虚拟世界里，乐此不疲。当然，除了睡前时间外，成年人深夜放纵的方式还有很多，但无论是哪种方式，目的只有一个，就是暂时实现他们逃离现实的欲望。一旦这种欲望得以实现，人们在尝到逃离现实的快感后，会像上瘾一般对这种行为产生依赖。然而放纵的内容并不重要，绝大多数人在玩手机时根本不会对浏览的内容产生记忆，他们会把这些放纵行为当成一种习惯，午夜时分，经常在放纵与睡觉之间难以做出抉择，一不小心就熬超时了，但无论睡得多晚都会在第二天重振旗鼓，这就是成年人的自我修复能力。

当然，无论是"情绪管理"还是"自我修复"，对于成年人来说都只能暂时缓解现实给我们带来的压力，这些方式治标不治本，甚至如饮鸩止渴般还会给成年人带来新的烦恼。在情绪管理后，我们抚平了冲突，在自我修复后，我们重启了状态，单从结果上看，我们看似和现实矛盾进行了和解，达成了平衡，但这些所谓的和解、平衡非常脆弱，经不起推敲，稍有不慎将会被打破。我们在进行情绪管理时，大部分人只是将情绪以偏概全地被克制在自己的内心，然而这些情绪也需要得到释放。我们通过意识在某些关键冲突上抑制了情绪，这些被抑制的情绪并不会消失，它们会慢慢积累，在不经意间会转移到"其他冲突"上，也许是一顿不可口的晚饭，也许是一次不愉快的交谈，甚至是一个不起眼的对视都有可能激发这些情绪释放，成为这些情绪的发泄口。有时我们甚至会对自己因为一件小事而产生的情绪反应感到惊讶，在情绪发泄过后不禁问自己，"我这是怎么了，这么小题大做"，给自己的生活带来了无尽困扰。除此之外，我们自我修复的循环也会给我们造成额外的烦恼，当属于自己的放纵时光受到外界因素干扰时，我们很容易就会因此陷入烦躁和不安的状态中。当在某一个瞬间，我们突然开始对自己的生活现状产生质疑，当我们感知到现在的生活并不是自己想要的，而自己却又无力改变时，我们开始注意到自己的感受，一方面是迷失自己的不甘，另一方面是无力寻找的不争，自己内心中对生活急于逃离又要被迫接受的"孤独"觉醒了。

其实从选择逃避压力开始，我们就选择了一条不归路，这条不归路使我们远离自我意识，变得越来越不利于"回归自我"，偶尔的失控、爆发只能引起我们觉察到自己现实问题的存在，而对问题的解决并没有起到作用。当爆发过后，困惑依然存在，只是本着"生活仍要继续"的态度，我们又一次与自己的困惑妥协了。就这样，成年维特的烦恼从压力逐渐化为了孤独。

"未来在哪里？"

小时候，父母教育我们长大后要做一个有出息的人，我们也乐于听从父母的教导，奋力朝着"有出息"的目标迈进，"要有出息"的观念从此在我们脑海中根深蒂固；小学时，我们懂得不多，对"有出息"的理解浅显直接，认为长大后成为一名医生、老师、警察或是科学家，总之能成为一个对国家有用的人才，就是对"有出息"最好的诠释；中学时，我们似懂非懂，对"有出息"的理解简单粗暴，认为唯有考上一所好大学、攻读一门好专业才算是踏进"有出息"的门槛儿；工作后，我们虽略懂片知，却反而对"有出息"的理解犹如醉中逐月般变得朦胧飘渺，以至于不愿去触及。学习历程扩充了我们的视野，成长经历提高了我们的格局，随着阅历的增长，我们理解问题的思维从线性具体变得辩证抽象，对于"有出息"的理解不再是简单地通过一份体面的职业、一件认可的事情就能够代表的，它是对我们生活状态的肯定，承载了父母的期许以及社会的认可。小的时候，为了能成为"有出息"的人，即使不成熟，我们依然能够为自己的未来设定一个又一个清晰的目标，因为这些目标，给我们立志成为一个有出息的人增添了几分底气，也使我们对未来充满无限期待。而工作以后，我们似乎每天都匆匆忙忙不可开交，经常忙到忘记了吃饭，忙到忘记了目标，当下的事情足以让我们分身乏术，对未来更是遥不可及，小时候要成为一个有出息的人的志向，如今却成为我们永远保留在心底的小秘密。

梦想、目标都是我们对自己未来的期许，是对自己的承诺。未来对于我们充满了无限的可能，也正是因为有了这些不确定性的存在，我们才会有理由相信，无论出身如何，我们都有机会成为自己所期待的样子。我们从小接受应试教育的熏染，"填鸭"式的课堂模式抑制了我们对自己的思考，而分数才是我们最明确的学习目的，在"分分必得"思维模式的滋润下，萌生出了"补短"式的行事逻辑。相较于"扬长"式的思维模式，

"补短"式思维显得更加注重事情的成功，而往往忽略了个人的成长。在学生时代，本着"知识改变命运"的信念，无关出身，我们只要瞄准名牌大学的大门，一跃而入就能改变我们的人生，而低分数成了我们跃进的唯一短板，所以为了"补短"，我们义无反顾地拼命学习，心无旁骛地直奔高考。在父母和老师的期望下，我们认为只要顺利跨入名牌大学的大门就是所谓的成功，至于自己是否能够从中获得成长，则显得并不重要，甚至是没人在乎。这种补短式的思维模式一旦有了明确的目标，的确能够激发出我们朝着目标奔进的动力，但比起执行力，在定目标方面，"补短"式的思维模式却显得心有余而力不足。然而遗憾的是，我们的父母、老师，乃至我们从小所接受的教育似乎为我们制定的目标仅仅限于考大学之前，我们一旦顺利考入大学，达成这一终极目标后，人生中再也没有人能给我们制定明确、具体而又统一的新目标了。我们的人生还要继续，所以我们开始试着摸索着自己制定目标。这时，我们"补短"式思维的真正短板就会不加掩饰地显露了出来。

不可否认，在我们身边的确有一部分人，他们在上学期间往往成绩不是最好，常常处于中上游水平。他们仿佛不会受到"补短"式教育的影响一般，对分数的执念远不及对自己的开发，考大学也不是一蹴而就地只看牌子，他们会根据兴趣选择自己所倾向的专业，参加工作后，也会根据实际规划目标，按部就班地经营着自己的人生。比起别人眼中的成功，他们更加关注自己的成长。当然，这类人属于少数型，而处在正态分布中间位置的绝大多数人，他们的人生轨迹看上去就显得不是那么清晰。从上小学开始，我们就接受从 A、B、C、D 中选择正确答案的设定，通过无数次的大考、小考，我们最终成为一个做固定选择的高手，习惯了被规划的生活，而面对突如其来的自主选择，我们中大多数人都表现出水土不服的症状，需要用一定的时间去接受生活中除了 A、B、C、D 以外，还存在着 E、F、G 等甚至更多选择的现实。也许，在时间足够充足的条件下，为自己规划出一条"清晰"的人生路径，不是一件难事，他们的成长只是时间早晚。然而"祸不单行"，即使在参加工作之后，绝大多数人的父母已经无力再为我们制定明确且具体的目标，但父母对我们的期望从未减少，于是习惯用分数来验证"成功"的我们，面对父母的期望，却显得一头雾水，成为一种无形的压力。一方面是有待觉醒的自我开发，另一方面是亲人期望的无形压力，在两座大山的合力刺激下，我们对自己的未来越发变得混乱，甚至是迷失了自我。而更加可惜的是，大部分人深陷其中却毫不自知，甚至还没和自己认真熟知过，就开始急于给自己制定目标，结果可想而知。目标的制定以及未来的规划，都是通过我们一次次与自己深入交流过后，排除一切干扰因素，最终现实条件与自己理想达成一致之后，自愿选定的人生路线。然而，大部分人所谓的梦想、目标都是根据现有的岗位、条件，迁就自己的兴趣而制定的，他们大多依照工作性质以及当前的工作岗位顺藤摸瓜向后延伸，来预测自己将来的发展路径，以此定为自己奋斗的目标。这样的目标看似具体、可靠，但它忽略了最重要的因素，就是我们自己的理想，所以即便是达成了，也不会给我们带来过多的惊喜。

我特别喜欢旅行，因为通过与旅途中不同的人产生交集，我们可以从中感受彼此别样的人生。有一次，我在旅途中遇到过一个这样的朋友，他大概三十岁左右的样子。硕士毕业后，在父母的要求下，他进入了当地一家大银行工作。收入稳定、工作轻松，加之高学历在单位中的优势，他成了父母的骄傲。不到两年，他的职务就得到了提升。但让人感到意外的是，正当事业刚刚起步时，他却突然力排众议，毅然决然辞掉了工作。他说，"刚考上大学时，我以为自己多年的努力会换来无尽的喜悦，可是实际并没有想象的快乐。临近毕业时，因为当时对自己的未来感到一片迷茫，不知道自己要如何踏入社会。于是我选择了考研，就是为了给自己更多的时间考虑未来。后来，父母费尽心思，给我找了一份他们认为的好工作，尽管当时我有些犹豫，但还是不忍看着父母为我操心，硕士毕业后我就去了银行。我以为我这辈子就这么过了，直到晋升岗位后，我突然萌生了一种对不起自己的感觉。从我记事起，我似乎就没有给自己做过主，考大学、找工作都是父母的想法，当工作晋升时，我却丝毫感觉不到快乐，我不想再委屈自己了，所以这次我决定把工作辞掉，拿着积蓄出来走走，好好思考一下自己今后的路。"听完了他的故事，我仿佛感受到了他那种世人皆醉我独醒的孤独感，同时也庆幸他能够勇敢地做自己。当外界对我们的期许与自己内心的意愿产生矛盾时，他义无反顾地选择了自己，挣脱了束缚，夺回了自己的人生。而生活中大多数人看上去就不会这样洒脱，他们不知道自己未来到底在哪里，也不会去思考自己为何不愿望向未来，本着"当一天和尚敲一天钟"的信念，得过且过地生活着，甚至认为这一切都是理所当然，即便是偶尔感受到自己的委屈，也会在一番左顾右盼之后，仍旧选择继续承受委屈，与现实妥协，独享这份"孤独"。

环顾四周，我们身边的绝大多数人都像提线木偶般受控于社会价值取向，他们在意别人对自己的看法，行为时刻被别人的眼光所鞭笞，无法接受社会大众对自己的否定，潜移默化地活成了大众所期望的样子。他们用过去的执念、当下的逃避以及未来的迷茫拼凑了迷失自己的日子，看着镜中的自己，回望过去，一成不变的处事思维，原地踏步，十年如一日，唯有脸上挂满了岁月的沧桑，来记录着自己的成长；望向未来，一筹莫展的生活状态，不知所谓，遥不可期，唯有心中深藏着无尽的空虚，来诠释着自己的"孤独"。我们的人生就像是一部自传，过去、现在以及未来填充了书中的每个章节，在这本世上唯一的孤本里，我们曾想拼命为其润色，倾尽华丽，写出一本问心无愧无与伦比的希望诗集。然而，事与愿违，或是缺少坚守，或是甘于妥协，写着写着，大部分人偏离了希望，开始用记叙的手法撰写着自己的人生，其中执念、逃避、迷茫渲染了"孤独"的主旋律，最终抛弃了自我，写成了一部部黯然无味的流水账。

第二部分　孤独的本源

第五章　隐藏在孤独背后的本源

　　每个人对于"孤独"都有各自独到的体会，触发各自"孤独"体验的刺激点不尽相同，对来自家庭、婚姻、社交、自己的"孤独"体验，也有着不同程度的感官。有些人的"孤独"体验执着于来自家庭关系中与父母之间的矛盾，也许是"过度关心时的唠叨"，也许是"指手画脚时的烦躁"，这些矛盾常常使他们声嘶力竭，却仍旧要担着儿女的身份履职尽责；有些人的"孤独"体验执拗于来自婚姻关系中与爱人之间的争吵，也许是"意见相左时的冲动"，也许是"无效沟通时的无助"，这些争吵常常使他们歇斯底里，却仍旧要顶着疲倦的身体互相伤害；有些人的"孤独"体验执迷于来自社交关系中与人际之间的怯懦，也许是"职场竞争时的沉默"，也许是"朋友相处时的卑微"，这些怯懦常常使他们噤若寒蝉，却仍旧要拖着麻木的身躯笑脸相迎；有些人的"孤独"体验固着于来自审视自我时与自己之间的不甘，也许是"远离初衷时的无奈"，也许是"面对未来时的迷茫"，这些不甘常常使他们心力憔悴，却仍旧要撑着空虚的躯壳重复昨天。此外，每个人对"孤独"体验的理解方式也大相径庭，有的人将"孤独"体验理解为物理上的缺失，在他们看来，"孤独"就是一种对影成三人般的孤单，他们信奉陪伴是最长情的告白，而另一些人则更加注重精神上的同频，在他们看来，"孤独"就是一种"弦断有谁听？"般的孤寂，他们认为如果没有心领神会的沟通，即使是再热闹的狂欢，充其量也是一群人的"孤独"。那又是什么原因导致每个人对"孤独"的感受和理解千差万别？

心理学家佛洛姆把"全然的孤独"比作是所有感受中最痛苦的一种体验，人很难忍受孤独带来的痛苦。其实，"孤独"体验属于一种个体的心理过程，它并非客观状态，不受周围环境的影响，是一种纯粹的主观体验，个体对孤独的感受主要来自于认知差异。简单来说，在同样的情景里，不同认知的人会萌生出不同程度的孤独体验。举个例子，当面对没有收到同事请客的邀请函时，A 也许会萌生出所有同事都在孤立自己的想法，并且会因此延伸至大家对他个人能力的不认可，以至于会感受到人际关系给他带来的孤独体验；而 B 则截然相反，他会认为同事请客肯定是有事相求，因为这件事与自己无关，所以自己的名字理所当然地不会出现在被邀请宾客的名单中，不会对他带来任何影响，更不会因此萌生出孤独体验。可见，对于同样的刺激，我们的认知影响了自己的"孤独"体验。此外，芝加哥大学心理学教授约翰·卡乔波研究发现，"一个人如果感觉自己没有可以依靠的人，或者没有人去依靠他，那么他的孤独感会加剧"。"孤独"体验还受到个体情感因素的影响，好的情感体验可以缓解我们的孤独感，而这种情感体验来源于我们主观感受，即同样存在个体差异。

个体之间固有认知与情感体验的差异，主要来源于个体童年期间所获得的早期经验，这些早期经验影响了我们对事物的判断，也因此表现出有别于他人的独特性。这种例子数不胜数，当人们在生活中遇到不愉快的体验时，有的人会认为，生活是如此的不公平，以至于对生活失去了信心；而有的人会觉得，必须努力改变眼前的糟糕窘状，从而重获新生；还有的人会从这些不愉快的经历中寻找一种平衡，因为经历了这些不愉快，所以今后所作的所有事情都应该被得到谅解。早期经验影响着我们生活中的言行举止、情感体验，它也是我们对生活意义的理解，形成在我们的童年时期。

打从记事起，我们就试着通过自己的感官来了解这个世界，凭借自己的眼睛去看见世界、依靠自己的肢体去触摸世界，我们对周围的一些事物都充满了好奇，并在好奇心的驱动下，激发了感知事物的能力。通过我们对周围事物的感知，形成了我们对世界最初的概念，这些最初的概念将会伴随我们一生，影响着我们今后生活、学习、工作以及处理问题的固有模式，这就是我们的早期经验。早期经验一旦形成，将会直接影响我们对世界的定义。新的经验在被我们接受之前，就已被我们做出了相应的解释，而这些解释又是依照我们的早期经验所获得。即便我们的早期经验明显与大众思维相左，或是不被大众所接受，甚至是每次在解决问题时，我们常常因此而感到苦恼和痛苦，然而这些早期经验也不会轻易被我们所放弃。在这些稳固的早期经验作用下，我们对周围事物所进行的评估，就是我们的固有认知。我们的固有认知，无论错对与否都代表了我们对周围事物的解释，这些"对周围事物的解释"会给我们带来不同的感受，其中就包括我们对"孤独"的体验。此外，我们的这些固有认知，有一些看起来并不能帮助我们更好地适应社会，甚至是成了我们与外界交流的阻碍，但在我们发现这些错误之前，这些造成我们脱轨的认知思维并不会引起我们的注意，这种感觉就像是"三季人"永远不会明白冬日暖阳的温暖。当然，要想改变我们的固有认知确实不是一件简单的事情，它需要我们重新审视形成经验的情境，找出其中的问题，再进行修复或重建，这是一个艰难的过程。即便是在社会压力、自我觉悟的强加下，我们注意到了自己存在的那些认知错误，也很少有人能够凭借自己的力量加以修正，大部分人仍旧我行我素、一意孤行。当我们用这些错误的认知去解释事物时，我们就会形成新的经验，这些新的经验在错误的解释下也会存在着某种偏差，于是当我们用这些错误经验作为定义未来生活的基础时，就会导致某些不愉快的体验出现，所以我们的"孤独"体验在很大程度上是由我们童年时期的早期经验所定义而来。

我们早期的经验主要来自从小成长的家庭环境，即我们所成长的原生家庭，父母的相处模式以及对子女的教养方式都会对我们早期经验带来深刻的影响。此外，随着我们的成长，早期经验也会受到文化、教育的不断调试，社会主流环境也将成为影响我们塑造固有认知与情感体验的因素之一，即我们所接受的传统文化。

"近朱者赤、近墨者黑"

好的原生家庭，一生都被童年治愈；而不好的原生家庭，要用一生来治愈创伤。"原生家庭"是我们与生俱来，无法选择的成长环境，它就像是影响种子发芽的土壤，橘生淮南则为橘，生于淮北则为枳，土壤环境直接决定了所结果实的品质。"龙生龙凤生凤，老鼠的孩子会打洞"这句描述基因重要性的经典名言，为我们形象地展示了基因遗传是个体成长的决定性因素。而大家只关注它的表面意思，伴随基因的遗传，这句话还为我们暗示了教养方式也会被遗传，因为龙生而为龙的同时，是不会教育小龙打洞的。与其说我们的教养方式会被遗传，不如用传承更为确切，正如前文中所提到的"我们与父母之间的不理解"，会随着时间推移潜移默化地成为我们与孩子之间的互动。来自原生家庭的教养方式就像空气一样每天都会维持我们身体运作，但不会被我们所注意，父母对我们的引导不断按照他们的想法修正着我们对世界的感知。此外，在我们开始定义人生意义的初期，每天耳濡目染父母之间的互动，就像观看教育影片一样，时刻强化着我们对人生的理解。在我们从父母那里学着感知世界、理解人生的过程中，模仿成为我们领会知识、构建认知的主要手段，而这种方法的直接弊端就是忽略了判断，缺少了判断的学习，就意味着我们无论对错都会照单全收。因为我们缺乏判断的能力，在原生家庭中以一种被动的方式接受着来自父母的影响，这时父母的教养方式就成了我们形成早期经验的关键因素。然而糟糕的是，这是大部分父母都会忽略的问题，有时他们所认为的真情流露，却会变成创伤印刻在我们内心，伴随我们一生。父母们所谓的真情流露包括了一切能够改变我们认识世界的行为，也许是因为不听话而对我们的拳打脚踢，也许是因为工作忙而对我们的冷淡疏远，也许是因为舍不得而对我们的娇纵宠溺，这些行为长此以往，就会激发出我们错误的应对方式，更为可怕的是，几乎每一个带有创伤的孩子，都会不自觉地认为，"因为自己的错误，才导致了父母对自己施加的错误行为"，以致提起原生家庭的创伤，这些人多半会萌生出内疚与自责。

美国心理治疗师苏珊·福沃德在其著作《原生家庭》一书中写到，"有毒的家庭体系就像高速公路上的连环追尾，其恶劣影响会代代相传"。我们从原生家庭里继承的创伤，也许不会被我们所觉察，但它却能悄无声息地影响着我们对问题的解决，这些影响多以负面形象出现，加之受到社会一系列复杂规则的约束，各种"孤独"体验油然而生。这些创伤可以理解为一组症候群的统称，来源于父母情感方面和行为方面的异常，具体呈现的症状也不尽相同，大致包括情感缺乏、敏感自卑、过分自恋、不能与周围保持适当的距离等等，不同的症状来自父母不同的教养方式，这些症状会给成年人在解决问题时带来不同的认知偏差。

虽然我们对世界的理解来自原生家庭，从原生家庭中印刻的创伤也会不断影响着我们对所遇问题的判断，但对于那些造成创伤的伤害来说，不是简单的一对一因果关系。在原生家庭中，父母一些不恰当的行为的确会给孩子带来不可逆转的创伤，但因为受到性格、思维以及一些不可预知的情境因素同时作用，这些孩子在成年后所表现出来的问题也不尽相同。即使是同一原生家庭中成长的孪生子，他们对自己从小所受到的待遇也会演变成不同程度的创伤，在他们成年后，对同样的问题也会给出不同的解释。也正是因为形成童年创伤的诸多因素，尽管困难重重，但也能为我们在觉察后尝试治愈创伤提供可能，我们仍然可以从父母的那些不恰当行为中寻找蛛丝马迹，用以释怀生活中所感受到的"孤独"。

"也许我们需要的更多"

从出生开始，我们从原生家庭中获取成长中必要的物质基础，为了能让我们茁壮成长，父母往往倾尽所能在所不惜，这种父母对我们的哺育往往被世人皆知。因为物质上的哺育可以简单地通过我们身体的变化，来进行一定的反馈，当父母发现我们身体瘦弱、矮小时，他们就会及时采取"合理营养、增加食量"等措施弥补，如果我们身体肥腴时，他们也会采取相应的措施进行适当的调试，为了我们成长得更好，有的父母甚至还会寻求专业人士的帮忙。总之，我们的身体一旦生长得不够规律，父母很容易就会有所觉察，并采取相应的补救措施。我们在满足了最基础的生理需要之后，关于爱与被爱的情感需要也会随之而来。然而，不同于那些趋于表面的物质支持，那些沉浸在内心中的情感需求常常会被父母忽略。大部分父母认为，与孩子之间建立情感是一种自然生成的体验，不需要刻意去营造氛围，更不需要花费精力去维持，水到自然渠成。就这样，在我们开始建立情感的关键时期，关于爱与被爱的需求常常会被父母一笔带过，没有得到满足。此外，即便是有的父母意识到培养孩子情感的重要意义，试图通过自己的努力，与孩子之间建立一种更为牢固的情感链接，但往往由于效果的无法确定，即使没有达到预期的情感效果，父母也不能像物质支持那样做以及时的弥补，最终成为父母的一厢情愿，而孩子的情感需求仍旧没有得到满足。

表面风平浪静，实则静水流深，处于童年时期的孩子对情感的渴望，远比他们表现出来的要多。有的父母忙于工作，疏于对孩子的陪伴，经常会留孩子独自在家，或是暂时寄托给左邻右舍，孩子缺少了固定的情感寄托对象；有的父母在孩子提出需求时，往往会对孩子的需求做以微不足道的评价，而选择坐视不理，比如当孩子搭建积木时需要父亲的帮助，而此时父亲也许正在忙于其他，权衡之后，父亲认为搭积木终归是玩耍，就选择了忽视，孩子的需求并没有得到回应。也许还有类似的情境发生，对于这些情境，虽然父母都能给出自己合理的解释，但在孩子的眼里，父母看似合理的行为就是一种冷漠。长此以往，"缺爱"便成了一种创伤，从此驻扎在了孩子的心灵深处。在缺少爱的原生家庭中成长的小孩，他们为了让自己不再因为缺爱而感到痛苦，慢慢地，他们开始演变出一套应对痛苦的措施，情感淡漠成为他们的防御机制，随之而来的还有他们在解决问题时，仿佛被局限的认知方式。这种认知方式，使他们忽略了爱与合作的意义，就像一座孤峰矗立在层峦叠嶂的山尖，独树一帜，也使他们构建了一种没有"爱"的生活方式。当他们在生活中遇到问题时，不擅长考虑合作的思维方式，总会让他们高估问题本身的难度，低估自己解决问题的能力，并且会无视别人能够对自己提供的帮助。因为自己曾经受到过的冷漠，在他们的眼中，世界往往更多也是以冷漠的姿态呈现在大家面前，他们并不知道合理地亲近别人，会换来别人对自己的尊重与感情，因此，他们常常会以怀疑的眼光看待他人，有时候甚至也不会相信自己。不难想象，他们从缺少情感的环境中成长，以"孤立、怀疑"的认知去理解社会，必定要比其他人更容易感受到生活中的各种"孤独"体验。

在电影《我的姐姐》中，安然生长在一个重男轻女的家庭中，父母对性别的偏见，从小她就没有感受过父母的关爱，多数时间是被父母寄养在姑妈家。直到父母遭遇车祸，双双遇难，留下了仅有两岁的弟弟需要人照顾，而这时安然也在奋力准备去北京读研究生的考试。因为从小缺少父母的关爱，安然习惯了冷漠，习惯了独立，面对父母突如其来的横祸，她没有表现出一丝畏惧或是悲痛，仅仅按照流程处理完了父母的后事。当面对需要照顾的弟弟时，她冷漠以对，极力想甩掉阻碍她开始新生活的负担。整部影片中，安然都是以一副女战士的姿态处理着生活中的每一件事，她不相信任何人，凡事亲力亲为，用冷漠诠释着小时候缺爱的创伤。虽然在影片结尾，安然与已故的父母和解了，也接受了自己的弟弟，一个治愈的结局。电影终归是电影，短短两个小时也无法浓缩安然22年的创伤，抛开电影的艺术色彩，现实中也有相似的真实的故事。几年前一位"姐姐"以《父母去世后，我把两岁的弟弟抱养了出去》为题，在网络论坛发布，文中处处流露出"姐姐"对现实的不满，"人性本恶""自私是天性"的价值观也随处可见。当年，此帖获得近80万点击，无数网友留言讨论。故事的最后，这位"姐姐"的创伤并没有被血缘治愈，这一次，她选择了自己，为了自己更好的生活，她将亲弟弟送给了一对农村的夫妇，并立下字据，永不往来。也许，人人都向往那些幸福、圆满的大结局，也为现实中"姐姐"的做法感到一阵阵胸口发闷，甚至对"姐姐"的冷漠无情感到无法容忍，但是当我们站在"姐姐"的角度思考问题时，从小对爱的缺失使她体会不到爱人的感觉，在经历过一次次无助之后，她发现爱对于她远没有独立看上去有价值，于是她学会了用冷漠化作盔甲来应对外面的危险。

"未经他人苦，莫劝他人善"的道理大家都懂，但似乎很少有人能够学以致用，当然对于那些道不同不相为谋的人，我们也没有义务去花费过多的精力付出真心，毕竟任谁都不愿一味地对着一张冷冰冰的脸。对于缺爱的人，大部分人选择了敬而远之，而这一切仿佛又让那些缺爱的人更加坚定了社会对自己的冷漠。因为小时候的爱而不得，长大后变成了不需要爱，在他们的认知中，孤立无援早已习以为常，冷漠无情更是家常便饭，在充满人情的交际中，不得不坚持着属于自己的"孤独"。

"沉甸甸的爱"

父母对孩子的爱与生俱来，这份爱是对孩子的恩赐，有了爱的陪伴，我们的人生充满了生气，这份爱给予了我们勇气，使我们不再惧怕成长路上的困难；也是这份爱给予了我们温馨，使我们可以慰藉身隔千里的孤单，她使我们的人生变得更有意义。然而，凡事有度，过犹不及，就像一碗鲜美的汤，如果没有调味剂的加持，就激发不出它的美味，尝起来就像白开水一般淡然无味，但如果添加了过量的调味剂，又会掩盖它的鲜美，让人苦涩难咽，比起缺爱的环境，父母的溺爱也会给我们带来无尽的创伤。

与那些缺爱家庭中的父母一样，习惯于溺爱孩子的父母也有一套自己看似合理的逻辑。在这些父母中，有的父母因为受到自身童年痛苦经历的影响，于是不愿让自己的孩子再经历同样的苦难，产生了一种"孩子绝对不能吃苦"的逻辑，无条件地满足孩子的任何要求；有的父母因为平时工作繁忙，而对自己的孩子产生了一种亏欠的内疚，于是在与孩子相处时，他们往往会表现得角色倒错，将孩子的需求当作命令一样去完成，倾尽全力地服侍着自己的孩子。除此之外，有些父母因各种原因不在孩子身边，于是爷爷奶奶接棒成了孩子的养育者，这些爷爷奶奶用百依百顺诠释着什么是"隔代亲"，他们用几乎"舍我"的精神娇纵着孩子的各种行为。这些养育者不遗余力地倾倒着自己对孩子的爱，爱到深处就变成了"欲"，看似关爱孩子的背后都潜藏着弥补自己的欲望，这些欲望愈演愈烈，以至于迷惑了他们的双眼，使他们混淆了"爱"与"害"，沉甸甸的爱就像一层层厚厚的防护罩将孩子包裹得严严实实。这些保护罩在无微不至地保护着孩子的同时，也严防死守住了孩子客观看待世界的眼睛，最终以温柔的方式剥夺了孩子体验挫折的权力。

温室里的花朵经不起风雨的敲打，从小在溺爱的原生家庭中成长的孩子，他们没有机会看到外界的风险，也体会不到失败的沮丧，理解世界的认知也有所偏差，这些经历使他们认为，不需要特别的努力自己本身就是上帝的宠儿。然而，纸包不住火，这些被宠坏的孩子终将长大成人，离开父母的怀抱，奔向汹涌的社会，而结果可想而知，他们不再是众人关注的重点，当他人不再以娇惯、纵容的姿态与之相处时，他们前所未有地感受到世界的不友好，由溺爱带来的创伤发作了。这些由于溺爱而形成的早期经验与社会规则水土不服，小时候饭来张口、衣来伸手的行为方式，长大后演变成了依草附木的个性特征；小时候招之即来、挥之即去的做事习惯，长大后迁移成了争强好胜的处事风格；小时候众星捧月、马首是瞻的家庭地位，长大后衍生成了只取不予的逻辑思维，这些与众不同的个人特质，让他们没有更多的方式与他人交往。此外，习惯了被照顾的生活，使他们丧失了独立的能力，甚至不知道离开依靠自己还能做些什么，当他们遇到问题要解决时，脑海中只有一种解决方法，那就是寻求别人的帮助。所有的社会规则都是以平等为基础而制定，而那些在溺爱的情境中长大的孩子，压根就不知道何为平等，在他们的价值观中，只有自己的情绪被及时地体贴到才是平等，而这种想法本身就违背了平等的定义。以这样的价值观处事，结果显而易见，他们认为别人给予自己的帮助都是一种理所应当，在面对他人的质疑与不解时，他们总能将其定义为"别人对自己的不友好"，有时候他们甚至会将他人没有主动施予援手，当作是别人针对自己的一种敌意，加之小时候"万千宠爱一人独享"的经历，使他们认为独占鳌头，唯我独尊才是对生活唯一的解释。可想而知这些特质处处体现他们与社会的不融合，为了让自己继续享有被照顾的待遇，他们往往不惜装出一副媚世的表象，以此博取他人的关照。但这种温柔的手段终归不是长久之计，当一切表象被现实戳破，一旦他人不再顺从而挣脱驾驭时，他们就会萌生出自己被出卖与背叛的感受，这种感受就是由溺爱带来的"孤独"。

"缺爱家庭"和"溺爱家庭"代表了原生家庭中，父母对孩子情感付出的两种不同的方向，这两种家庭模式仅仅较为具体地展现了原生家庭中情感方面的营造，情感问题也是我们生活中最常见的创伤类别。除此之外，比起我们从原生家庭中继承的这些情感创伤，在一些不负责任、不成熟甚至是病态倾向父母占主导地位的家庭中，各种行为方面的问题给我们造成的创伤更为严重。幸福总是千篇一律，而不幸却是千差万别，这些父母可能是酗酒成瘾不分是非，随时都有可能对我们施展拳打脚踢的打手；可能是喜怒无常、阴晴不定，随时都有可能对我们开展言语暴力的话痨；也可能是独断专行、刚愎自用，随时都有可能对我们剥夺人身权利的暴君。在这些父母当中，大多数人身上或多或少地存在着各种程度的心理问题、人格障碍，甚至是精神方面的疾病，除开遗传因素，这些父母的问题大多都来自于他们小时候的原生家庭，而由他们打造的异于大众的家庭情境又会对自己的孩子带来新的创伤，尽管他们不愿意相信，但这些被苏珊·福沃德称之为有毒的创伤，一旦出现，就如同中了诅咒一般代代相传。这些行为千奇百怪，如果没有亲身经历过，很难想象大家的童年原来差异巨大，但无论是毫无掩饰的肢体暴力，还是隐蔽内敛的精神摧残，最终都会直奔我们内心，在最隐秘的地方标注各种限制自由的印记。当我们在生活中遇到要解决的问题时，这些印记就会被激发，充分发挥其限制的能力，它能使我们的认知局限，给世界的定义变得单一，隔离于大众的范畴，孤独地生活在自己所定义的世界当中。

"我不如别人"

在众多被童年创伤所激发的症状里，有一个最常见的症状，患了它的人，有的表现出卑微屈膝、逆来顺受，终日活在尘埃里，让人心生怜悯；而有的却表现出狂妄自大、目中无人，一副世界当中我最强的势头，让人心生厌恶，它就是自卑情结。很多原生家庭造成的创伤，都能标记自卑的印记，比如打手父母的暴力行为，抑或是佛系父母的忽视行为，又或是一贫如洗的家庭条件，这些创伤都能激发自卑的症状。长期在这些情境下成长的孩子，从小就给自己定义为出气包、透明人、穷光蛋的设定，这些设定在孩子成年后，都将转换为"我不如别人"的内核印记，影响着自己的行为。求爱失败的小伙，认为自己不如情敌，因此而体验着自卑带来的痛苦；物质匮乏的穷人，笃定自己不如富人，因此而体验着自卑带来的贫瘠；屡遭拒绝的求职者，默认自己不如对手，因此而体验着自卑带来的堕落。这些自卑者都认为自己在某些方面上不如别人，而"不如别人"概括了自己很想得到，却在付诸行动之前就已认定自己不行的怯懦心理，这是大部分自卑者的内心写照。在现实生活中，无论客观与否，假设我们对"不如别人"这件事真心接纳、认可了，那我们就会发自肺腑地承认自己不如别人，就事论事，不会带来其他负性情绪，但遗憾的是，大部分人往往不会就此"一笑而过"。由于受到原生家庭的影响，这些自卑者不会轻易承认或是接纳"不如别人"的设定，从小被父母打造的否定、打压、忽视的情境伤害得遍体鳞伤，"不如别人"是否是客观事实已不再重要，在大部分自卑者眼中，"不如别人"的设定更像是一种从原生家庭训练得到的条件反射，类似于"刺激事件（遇到想要争取的目标）——否定预期（我做不到）——放弃行为（算了不做了）——否定自我（就算做，我也不行）——体验负性情绪（因为自卑导致的负性情绪）"，这种反射抑制了他们内心的欲望，而事后自卑者所引发的后悔、自责就是最有力的证据。长此以往，他们的自卑情结不断在反射中受到强化，量变引发质变，他们从最开始否定自己的某方面能力，到最后开始对自己全盘否定，逐渐退居到大众视野之外，于是形成了透明人般的"孤独"。

　　自卑的人随处可见，个体心理学家阿德勒更是认为，"我们每个人都有着不同程度的自卑感，因为我们都想让自己更优秀，让自己过更好的生活"，而提到更好，就引出自卑的现实冲突，对比。没有对比，就没有伤害；没有对比，就没有自卑。自卑者内心印刻的"不如别人"，也是通过自己与外界对比之后而得出的结论，虽然这些对比往往不够客观，甚至是不具备任何现实意义，但这个结论却不断地强化着他们"认为自己不行"的认知。隐藏在这些对比背后的是自卑者内心"渴望被别人注意"的奢求，对比是自卑者与外界沟通的一种特殊方式，通过与他人对比，自卑者能使自己与外界产生某种联结，即使整个过程未曾显露，这些自卑者也能因此稍许弥补自己童年时被原生家庭忽视的创伤，因为在对比的过程中，他们感受到了自己的存在。然而，这种对比的思维却是强化自卑情结的得力帮凶，自卑者通过对比更加认定了自己的不足，又因认为自己存在不足更加感到自卑，仿佛陷入了死循环。从小被边缘化的认知，迫使自卑者宁愿把注意聚焦在别人身上，也不愿花时间考虑自己的需求，他们将自己的优点隐藏在视野盲区，因为认为自己并不优秀，所以没有底气向别人表达自己的想法，更没有勇气向别人证明自己的实力。没有人能够喜欢上自卑给自己带来的孤独感，当觉察到自己身处可能激发自己自卑情结的情境时，这些自卑者会想尽一切办法来掩盖自己内心的忐忑，让自己看起来不会显得那样与众不同。矮个子的人，在与他人合影时会轻轻踮起脚尖，以让自己不会因为身高问题成为别人取笑的对象；口讷的人，在与他人交流时会手舞足蹈加以重复，以让自己不会因为沟通问题成为别人回避的对象；生活贫瘠的人，在与朋友吃饭时会争先恐后地买单，以让自己不会因为贫穷问题成为别人饭后的谈资。这些自卑者所用以掩饰内心自卑的方法，都没有解决引起自卑的根本问题，这种把戏始终不会改变自己对自卑的认知，只会一次次使自己对某个刺激情境的自卑情结更加稳固，从而不断体验着自卑带来的"孤独"。

手持"自负"武器的自卑者

自卑的人用来伪装自己自卑的方式数不胜数，在从小到大的成长过程中，他们在原生家庭父母的长期训练中，通过一次次小心谨慎的尝试，都会形成一套暂时弥补自己自卑的方法，有的甚至已经深入骨髓，使本尊都不能分清自己某些行为的初衷。这也就意味着，并不是所有的自卑者都表现为一副逆来顺受、害羞胆怯、与世无争的样子，自卑者为了改变引起自卑的情境，避免触发因为自卑造成的负性情绪，他们有时会手持"自负"的武器来应对将要面临的困境。为了避免自己被当成"透明人"而带来的孤独体验，他们需要时刻引起别人的重视，"极力证明自己"成为他们应对自卑感的核心行为模式。不愿意被别人当成透明人最直接的办法就是尽量做到让别人"看见"，给自己配备一件锋利的武器，用武力迫使别人的关注一定是最直接的办法，其背后的潜台词为，"既然别人不能主动关注我，那我就要胁迫别人的关注"。于是，一些剑走偏锋的自卑者开始用特别优秀、自己了不起等形容词来武装自己，并且他们会抓住一切机会向别人证明自己的了不起。有时候，他们为了达到被他人关注、重视的目的，甚至会用一些具有攻击性的言语，来贬低他人以此烘托自己的了不起，而这一切所为全是因为自卑者在这其中能够获得他们自认为的优越感，这件能给他们带来优越感的武器被我们称之为自负。

我们都知道，自卑来源于由原生家庭的创伤致使我们对自己的认知偏差，当自卑者试图用这件自负的武器来改变自己的自卑感时，也许他们由自卑而激发的负性情绪可以得到部分的驱赶，但他们对自己的认知不会受到丝毫改变。当自卑者将自己的优越感变成了缓解自卑的强心剂时，他们就选择了一条逃避问题的道路，而这条路却偏离航道越来越远，这如同当我们需要一间房子落脚时，逃避了一砖一瓦的盖房，却想通过搭建一座空中楼阁来遮风挡雨，必然不能解决实际问题，自欺欺人的优越感只会暂时麻痹自己，而自己内心的自卑感会随之越积越多，问题依旧没有得到解决。沉浸在自己所创造的优越感当中，自卑者能够暂时缓解那些使其惧怕的负性情绪，可画饼充饥终究不能饱腹，海市蜃楼一旦被人戳破，自诩的优越感荡然无存，那些依附在自负武器下的负性情绪无处遁形，它们会瞬间化为怒火中烧，对真相的揭发者施以攻击性行为，毫无避讳地诠释了外强中干的意义。外强中干是对手持自负武器的自卑者们最贴切的形容，外表看起来越是一副高人一等的样子，其内心越是害怕自己的自卑露出马脚，为了不被暴露，就必须表现得先发制人，这种以攻为守的沟通思维并不是谁都可以接受，缺乏底气的攻击往往支撑不过两个回合，因为他们攻击的目的并不是真正想置人于死地。当身边的人习惯了这些自卑者的交流方式，面对自卑者这些虚张声势的花招，他们会对自卑者们的态度变得越来越不屑，最后索性发展成为一种无视。以至于无论输赢，在交锋过后，这些自卑者们的优越感逐渐消逝，随之而来的失落情绪彻底地激发了他们的自卑情结，最终又回到了"孤独"的命题。

每个人身上多少都能看到原生家庭带来的自卑，这些自卑情结就像影子一般跟随着我们，身处不同的情境就会被随之激发，当走到亮光的地方，自卑的影子就会越发显现，我们就会变得焦虑不安，强烈的光照和自卑的影子形成了鲜明对比，我们越是关注身后，就越是羞于前进。在这场自己与自己的较量中，有的人选择了摒弃过去，勇敢地面朝希望，去向了自己想去的地方；而大部分人选择了止步不前，拼命地回避光亮，蜷缩在阴暗的角落幻想着光明，却感受着"孤独"。

身披"可怜"大衣的掌控者

前文说到原生家庭给我们造成的创伤，不能一概而论，并且有些原生家庭对孩子的教养模式不是简单的一种，不同的教养模式错综交叠，在来自情感方面与行为方面的双重引导下，这时孩子从父母身上继承的创伤，会使他们演化出一套看上去相对矛盾的行为模式，一套独立与依赖并存的模式。也许是从小受到"情感匮乏，却又物质丰富"或是"物质贫瘠，但却情感细腻"的环境影响，这些影响对他们用来理解世界的早期经验产生了决定性的作用，物质与情感的两极分化，使他们在解决问题时往往不能将情感与事情相融合，经常会误入理性或是感性的极端。他们过于极端的理性使他们频繁苦恼于社会大众的不纯粹，以至于内心独立的一面想要时刻脱离大众的限制，但偶尔激发的极端感性却又提醒着自己也是社会之中鲜活的一员，于是内心依赖的一面又迫切需要他人给予自己一定的照顾。这种自相矛盾的逻辑锻炼了他们无论在任何一种状态占主导地位时，都可以轻松自圆其说的能力，这在旁人眼里常常被认为是高情商的表现。

在生活中，他们会把这种能力运用得淋漓尽致，尤其是在跟情感相关的事情方面，他们有时会把情感当成与人社交时的筹码，利用情感的筹码以弥补自己内心的创伤。在我们身边不乏出现一些"一脚踏多船"的"海王""绿茶"，这些人常常会同时和多名异性交往，他们利用自己的情感游离于"备胎"之间，屡试不爽。他们与这些"备胎"之间的关系就像跳华尔兹一样"你进我退、你退我进"，以此来和"备胎"们保持暧昧的距离。一旦伎俩被揭穿，他们就会披上可怜的大衣打出他们最擅长的情感牌，重新巩固自己的中心地位。他们将华尔兹式的社交模式不仅仅只运用在恋人关系之中，我们在朋友、职场甚至是亲人关系中也会看到类似的操作，而隐藏在可怜大衣下面的是他们对周围人满满的掌控欲。他们的行为就像诗词一般，虽是由文字组成，却意在远方，如无一番历练，旁人难得其中滋味。由于受到原生家庭矛盾式创伤的影响，困惑成为他们从小到大一直都有待解决的问题，为了不再将自己陷入因困惑而造成的无尽困扰之中，他们同自卑者一样选择了一条治标不治本的生存之道，既然解决不了困惑的问题，那就索性凌驾于这一切困惑之上，成为困惑的掌控者。于是，披上可怜的大衣博取他人的同情成为他们利用他人"大庇天下寒士"之心的惯用手段，情感也就沦为了他们用于凌驾他人时最有力的筹码。然而，同那些自卑者一样，实际的创伤并没有得到丝毫治愈，新的问题又会随之出现，在一切看似得偿所愿之后，随之而来的痛苦也给他们带来了新的困惑。

高处不胜寒，一直想要凌驾于别人的想法必定会为这些掌控者带来随之的副作用。打从人类出现开始，情感这类特有技能就伴随着我们的发展，用无形的力量不断地搀扶我们渡过一次又一次难关，这种感觉只可意会不可言传。而情感作为纯感性的集合，无法用言语表达，更不能当成"商品"一样掌控于人手之间，当情感一旦变得理性化，就意味着失去了她本身的意义，也可以说这时的情感不能称作我们所理解的情感。这些掌控者把情感作为筹码的同时，也就失去了享受情感给他们带来温暖的资格，无论凌驾于别人的手段有多高明、快感有多刺激，也都无法取代情感对个体的作用。掌控者过于理性化地处理情感，看似周围充满了情感，但可笑的是，他们最缺的恰恰也是情感，即使"备胎"们一片赤诚地扑向他们，他们也无法感受到这份温暖，鲜有的行为互动也是他们照猫画虎般的模仿，矛盾的困惑只是换了一种形式，从未消失。在旁人眼中，只看到了他们一直被偏爱的有恃无恐，可谁又知道，有恃无恐的外表下是他们一直骚动，却总也得不到爱的"孤独"。

原生家庭是我们人生开始的起点，它提供了我们生存条件，也给予了我们成长指导，在原生家庭中一切的成长都是为了给我们独立之后闯荡社会而进行的准备，整装待发后，我们全副武装开始自己的征程。在我们准备的这段时间里，父母对我们的教养直接关系到我们行囊的质量，有的父母"授之以渔"，我们可以轻装上阵，一路上择其所需，充实有加；有的父母唯恐不够，于是我们的行囊被塞得满满当当，变成了沉重的负担；而有的父母吝啬惜教，于是我们的行囊空空如也，我们同样也会走得一路艰辛。每个人行囊的不同，衍生了我们不同的人生观、价值观，这些观念决定了我们解决问题时的思路，直接影响了我们感受幸福的能力，也成了我们孤独的元凶。

"套中人的认知"

前文提到，我们童年的早期经验决定了我们今后解决问题、理解世界的认知，原生家庭孕育了早期经验，而早期经验也在原生家庭中得到了基本塑型，但我们身处的大环境也时刻对早期经验进行着调适，我们的认知也会随着大环境的改变不断潜移默化地进行着改变。类比原生家庭对我们的影响，我们身处的大环境也同样能够决定我们对孤独的判断，成为我们体验孤独的帮凶。关于大环境的界定，都是相对而言的，东、西方国家之间的文化冲突，以及我国南、北之间的生活差异等等，成长在不同的大环境里，我们的认知也会随之变得"地域化"。我们无法决定出生的国家，我们也无法左右成长的家庭，从出生的那刻起就已注定了我们的国籍、民族以及地区，这直接决定了我们今后所要接受的文化形态、社会习俗、生活方式等等，而这些影响会随着时间融入到我们认知、沁润为我们人格，构建我们所在地域代表性的中心特质。比如西方人较为重利、重法，而我们却显得更加重情、重义，这些特质本身没有优劣之分，但不同的特质却能影响着个人的发展趋向。我们人格构成中的中心特质巩固了我们早期经验的固化程度，最终在原生家庭和身处大环境的共同作用下形成了我们的固有认知，同时也决定着我们立足于社会，感受各种情绪情感体验的频次，这其中就包括了我们对"孤独"的体验。

　　大环境影响了我们的思维，任何一种大环境都不可能向我们提供面面俱到的条件。一方水土养育一方人，我们从一个地方成长，形成了地域性的思维之后，再到另一个地方生活，会遇到各种主、客观方面的水土不服。客观存在的差异我们可以通过满足物质条件来适应，西方留学的中国学生，从小习惯了馒头花卷的胃口，突然换成了面包汉堡，他们会产生极度的不适应，而为了解决这种饮食上的冲突，他们可以通过到中国餐馆偶尔的解馋来化解。相较于客观饮食上的差异，留学生们对于未来很长一段时间主观上融入西方社会的困难，显得更加急迫。当孔孟之道的逻辑思维遇到利益至上的大环境，各种行为就显得格格不入，"仁"字当先的交友经验常常被误解为一种有利可图，于是单纯的留学生发现身处海外的孤独，不仅仅只有饮食的差异，而东西方思维之间的文化冲突才是阻碍他们适应求学生活的罪魁祸首。类似的差异也出现在农村与城市之间，由于发展重心、社会态度、资源分配等一系列复杂因素所致，农村与城市之间也存在着大环境上的差异。从小在农村长大的孩子，长大后进入城市生活，青山绿水变成了钢筋水泥，街坊四邻变成了独门独户，这些"迁徙者"要解决的并非只有眼前的环境问题，行走在车水马龙的繁华中，自己内心的那份归属感才是一道挥之不去的难题。无论是身处海外的留学生，还是定居城市的迁徙者，他们虽然面临的冲突不同，但却同样感受着因大环境造成的孤独体验。

"承于精髓，行于无知，困于孤独"

大环境对我们塑造固有认知的影响，显而易见，比起东西方的文化冲突，也许我们更加关心自己所传承的文化哲思，是怎样塑造我们的认知，从而影响了我们在生活中解决问题的思维，以及随之出现的孤独体验。首先，我们来打一个比喻，假设将国家比作其所属子民的原生家庭，再从宏观的视角，把我们有记载以来的所有出现在这片土地上的人们抽象为一个孩子，拉通长史，这个孩子也在自己的原生家庭中不断成长，科技发展给孩子提供了物质条件，而早期的智慧哲思引导了孩子的固有认知，这些固有认知标志了一个国家、一个民族的独特性。中华上下五千年凝聚了多少先哲圣人的伟大智慧与经典哲思，儒家思想的"仁义、忠恕、中庸"，道家思想的"清净无为、乐天知命"，以及佛教倡导的"禅定、超脱"等等，这些伟大的人生智慧穿越千年历史的纷争，早已深入我们的血液，深刻地影响着我们做人、做事的人生态度。

这些智慧哲思广博高深，覆盖了我们人生的方方面面，其中关于"自我的探索"及"人与社会的关系"更是我们文化中处世之道的本源。历史的长河绵延至今，历朝历代随之延续的智慧层出不穷，从古代殷商的宗教崇拜开始，我们的祖先就已试图探索人与自然的关系，随后由此引申出来的西周"以德配天"观念，使人得以"与天地为三"，进而得以"参天地之化育"。从先秦儒家的仁道思想开始，我们的祖先开始将重心归回到我们自己，衍生出一种尊重人的地位的思想，与之类似的还有墨子从功利引申出的兼爱原则，这些都是聚焦我们自己的思想学说。此外，关于人与社会的关系探讨在儒家思想中也有所提及，人在社会中的义务，其形式的本质就是它们的"应该"，因为这些义务都是他应该做的事，阐明了人在社会中的价值与位置。无独有偶，关于人与社会关系的探讨，在老子的《道德经》中也有所体现，"是以圣人后其身而身先，外其身而身存。非以其无私邪？故能成其私"，其中老子谈到了关于圣人的界定，圣人之所以能成为圣人是因为圣人"无私心"，这种"无私心"的思维反而成就了他的私利。这些处事的大智慧就像是一颗颗璀璨的启明星，从它们出世之日起就给我们明确了一条严明处事、规矩做人的标榜之路，并根深蒂固地融入在我们的潜意识当中，随着时间的演变，这些标榜演化成了当今社会中的一条条道德准则，时刻评价着我们入世后的各种行为。这些道德准则是经典大智慧的浓缩，大多引导我们最终趋向整体的价值取向，而在此之前则需要我们秉存大局为重的思维修身养性。

　　人人都向往成为圣人，可偏偏事与愿违，圣人这个职业可不是谁都可以修成正果，它不仅需要有足够强大的先天天赋，而且还必须同时具备得天独厚的后天机遇，就像人人都想考入北大清华，即使用尽全力，可结果却仍未能如愿，于是绝大部分学子怀揣"清华梦、北大梦"纷纷走入了普通高校的大门。时间久了，"成为圣人"的志愿也就变成了一个遥不可及的梦想，比起虚无缥缈的圆梦，社会竞争的现实也许更加能唤醒当代人生活的激情。在如今以利益为先的社会背景下，评价个人能力的标准完全取决于你所能创造的价值，所以竞争成为个体生存的丛林法则。只要提到竞争就不可避免地涉及私欲问题，而这却与圣人的标准背道而驰，也许竞争的胜利者会认为自己合理竞争，能者多得，但他总有败下阵来的时候，那时他们可就要换一套说辞了。其实，无论竞争的胜负与否，但凡动了"争"的凡心，我们就已经和圣人失之千里了。到此，如果我们抛开圣人的标准，成王败寇坚持要血拼到底，也许我们不会感到有任何不妥，更不会因此而产生焦虑情绪。然而，传承于祖先的智慧精髓，此刻以一种"自省"的方式在影响着我们，我们当中的绝大部分人对理解这些精髓的悟性远远不够，相较于圣人，我们绝大部分人都是以普通人的身份苟活于世，在懒惰、贪念等诸多原罪的诱导下，心里向往过着圣人般的生活，却继续在得过且过的现实里纠结。也许说到这儿，我们还没有搞清楚那些智慧精髓怎样作为一种大环境，对我们所感受到的孤独体验产生影响，假设我们将这些智慧精髓设定为一种附带"正属性"的思维方式，那些与其相悖的行为则自动附带了一种"负属性"，我们本着把复杂问题简单化的原则，"正属性"与"负属性"相结合的产物必将是附带有"负属性"，这些"负属性"就是我们所称之为的负性情绪，也就是我们所感受到的"孤独"体验。

圣人之所以被我们称为圣人，因为他经得起我们来自各个角度的审视，在我们的价值观里他象征着作为人的完美，这种人类的完美伴随着历经千年沧桑仍旧经久不衰的智慧精髓，一起被当代人所传承。当祖先们心无旁骛、慎独哲思的时候，想必他们没有预料到千年后的今天，随着社会的发展，诱惑我们"修身"的杂念会变得越来越多，以金钱、利益为主导的社会价态激发了当代人的贪欲本能，快餐式的思维节奏催促了当代人在解决问题时的急于求成，在这些刺激、杂念的不断蚕食下，很少还有人能够揣着一份耐心与一股意志，继续潜心走在成为圣人的道路上。祖先的智慧精髓，此刻在这些诱惑的刺激下，化成了大部分当代人内心中的一道道精神枷锁，大部分人一方面受制于向往"大我"的道德约束，另一方面又极力于实现"小我"的现实满足，于是在两种矛盾思想的对抗下，他们的行为变得不再纯粹，有时甚至忽略了自己行为的动机与意义，常常困惑于自己的所作所为，倘若一朝不得志，很容易就将自己怪罪于凡人的限制中破罐破摔，深陷无尽的苦恼继续着自己的迷惘，装着满满的思想，却困在无知的孤独里饱受煎熬。

原本指引我们修身养性的智慧精髓，却因凡人的无知，讽刺般成为"孤独"的本源。

"陌生的大城市，孤独的小角落"

大环境的界定不仅仅只有纵深历史之后的过去，而回望过去是为了更好地把握当下。一提到当代社会，我们脑海中会自然而然地萦绕出工作压力、生活品质、社会保障、人际关系、电子科技、幸福感受等词汇，这些词汇无疑都涵括了老百姓最为关心的焦点问题。作为当代社会发展的中流砥柱，工资薪酬、事业发展，也许是当代社会中青年群体谈论频次最高的话题；作为当代社会发展的退休老人，老年团、广场舞，也许是当代社会老年群体最喜闻乐道的项目，可无论哪种谈资都离不开最终的命题——城市建设。生活中，我们仿佛只要谈论涉及社会、民生的话题，大家就会不约而同地将思维局限到城市环境当中，往往会忽视了构建我们社会的另一种环境——农村。打开娱乐软件或是舆论平台，每天上热搜的话题基本都是发生在大城市，发生在农村里的故事却显得无人问津。其实这一现象不难理解，资源分配、社会态度都有可能是影响社会舆论，甚至是老百姓价值取向的关键因素。纵观教育资源，排名靠前的大学均在一线城市，再看就业机会，城市更是占有了决定性的优势，无论医疗、住房、交通等等这些直接决定生活质量的因素，都由大城市占尽了风头。大城市凭着便捷的生活方式、优越的就业环境、完善的社会保障，引得无数年轻人争先恐后地扎堆迁徙，就这样，这些迁徙者带着自己的憧憬，加入了建设城市的大军，成为城市建设的中流砥柱。当然，比起迁徙者到大城市打拼的动机，也许更值得我们讨论的是那些因迁徙而带来的后遗症。

农村环境与城市环境的差异不言而喻，我们不去量化两种环境之间的高楼数量，也不必计较农村与城市之间的公路宽度，因为这些客观上的差异仅仅代表了那些看得到的区别，而潜藏在这些区别之下的是那些赋予其生命力的人，因不同大环境而导致不同固有认知的人群才是农村与城市之间存在的核心差异。《变形记》是前几年某卫视一档很火的真人秀节目、在每期的节目中，导演组都会让两个来自不同生活背景的孩子进行为期一周的身份互换，两个孩子的生活环境天差地别，一个出生在农村，家境贫寒，从小就要学着帮父母一起承担生活的艰辛；另一个长在城市，家境殷实，从小的丰衣足食使他们根本就不知道生活的辛苦。节目的看点在于两种环境下成长起来的孩子，如何在对方环境中通过自己已经形成的固有认知进行日常生活。

毋庸置疑，两个孩子在陌生的环境里都表现出自己的不自在，但这两种不自在的表达方式却大相径庭，来自城市的孩子，面对陌生的家庭，往往会通过嚣张跋扈的行为来宣泄自己的不自在，全然一副目空一切的样子；另一边，面对同样的陌生，来自农村的孩子则会经常表现得蹑手蹑脚以及小心翼翼，即使是隔着屏幕，观众们也能明显地感受到这些孩子与新父母之间如履薄冰的互动。在两种大环境下成长的孩子，应对陌生环境时的反应差异显而易见，城市的孩子大多通过对外宣泄自己的不满，来释放负性情绪，以此达到让自己心情顺畅的效果，农村的孩子却选择用相较内敛的方式，来压抑自己内心的负性情绪，这些被压抑的情绪不但没有得到释放，反而会成为阻碍本体适应环境的隐患问题。

《变形记》中农村小孩适应城市环境的应对方式，是大部分非城市迁徙者们的真实写照，本着"无法选择自己的出身环境，但可以决定自己在哪生活"的信念，绝大部分迁徙者试图通过谋求一份好工作、考上一所好大学的方式进入大城市，经过自己的一番打拼，不乏有少数迁徙者实现了自己扎根城市的梦想，但也相应地付出了巨大的代价。一次偶然的机会，我在北京出差时结实了一位来自二线城市的老哥，他负责对接工作，在一次饭后闲聊之际，他向我谈论了他的人生。这位老哥四十岁左右，夫妻二人都是博士学历，爱人在北京的一所高校职教，有一个上小学的儿子，为了扎根北京，夫妻俩倾其所有、负债累累才在北京付了房子的首付。"拮据"绝对是这对夫妻的生活主旋律，它们几乎没有工作之外的任何社交，除了儿子的开支，夫妻俩经常节衣缩食能省则省，每天两点一线的生活已让他们的人生失去了很多色彩。用他的话说，"我们夫妻俩原本可以在老家过上丰衣足食的日子，比在北京要轻松得多，更不会有这么多压力，但我们毕竟是二线城市，格局视野都受到局限，而北京国际化大都市寸土寸金，一个萝卜一个坑，也许我们不能选择自己的出身环境，但我们可以选择儿子的出身环境。我们夫妻二人用三十年的朴素生活，来换一个儿子北京出身也值了"。这对夫妻是幸运的，幸运的是他们勇于选择自己人生的同时，也实现了自己的理想；这对夫妻是孤独的，孤独的是他们不惜用三十年拮据日子换取扎根大都市的机会，却忽视了自己的感受。于是海纳百川的整个北京城，留给他们的却仅有那孤独的一亩三分地。

"回不去的异乡人"

对于生活在大城市的迁徙者们，面对大城市的陌生，日子虽然步履维艰，索性在工作之余仍有属于自己的容身之地，也算圆了一桩心事。比起这些迁徙者的艰辛，有一群人生活在大城市的边缘地带，城市的繁华与喧闹，仿佛都与他们无关，他们没有明确的事业目标，也不同于迁徙者拥有坚定的扎根大都市的决心，他们屈居于大城市的唯一目的就是为了赚钱，他们被称为大都市的异乡人。异乡人，仿佛从称呼上就已经注定了"他们游离于大城市边缘却永远无法融入的命运"。这些异乡人大多没有什么过人的技术，更没有傲人的学识，仅凭吃苦卖力立足于城市的各个阶层，一辆摩托、一顶头盔就可以成为外卖送递员，一身西服、一双皮鞋摇身一变又成了产品推销员，这些都是他们在城市最常见的缩影。也许，他们当中也有一些人身兼一技之长，能够寻得一份体面的工作，也会有一份较为稳定的收入，但这也仅仅能够稍许改变他们生活的质量，租一间更好的房子、多吃几顿美酒佳肴，相比买房扎根大城市，仍旧显得杯水车薪，雁过无痕般的存在，注定了他们对于城市来说，终究只是个过客，只是这路过的时间确实有些长。他们大多怀揣"努力挣钱，待攒够了钱衣锦还乡"的梦想，一般在结婚后就背井离乡来到城市打拼，然而事与愿违，美好的梦想总是经不住现实的残酷。现实的残酷远比他们想象的更加凶猛，当自己辛辛苦苦攒下的积蓄，仅够支撑每年春节回家时给父母的营养品和孩子的新衣裳时，看着亲人们的笑容和身上除去开支所剩无几的继续，身上的责任再一次催促着他们踏上返工的路途，甜味之余便是酸，衣锦还乡的梦想变得遥遥无期，年复一年，习惯了漂泊，却迷失了回家的路。

一位常年在城市打工的师傅曾这样描述自己的生活，"年轻时为了多挣点钱，能让老婆孩子过上好日子，我就出来打工了。可出来时间久了，每次回家都有一种说不上的感觉，和记忆不一样了，这里又通路了，那里房子又翻新了，小时候和伙伴们玩耍的小溪也没水了。村里的伙伴也都去外面打工了，印象里好久都没有见过一面了，感觉自己的老家也是越来越陌生了。有时候我都分不清到底哪里才是我的家。"这位老师傅说出了大部分异乡人的心声，他们每天面对融不进的城市和回不去的家乡，夹杂在两者之间的狭缝中默默忍受着这份心酸，仍然孤独地选择了坚持，于是继续每天穿梭于人流之间，用力地挤进了拥挤的地铁，却总也挤不进这自认为熟悉的城市。

大环境本身无关好坏，存在的差异也仅是相对而言。我们在一种环境下成长，形成了这个环境特有的固有认知，正如前文所提到，固有认知是我们如何理解世界以及解决问题的重要因素，它直接决定了我们在生活中的各种体验，一旦我们用已经形成的固有认知去理解新环境，并以此试图去解决新环境的问题时，就会出现与我们原有预期相左的情况，而这时，如果我们没有灵活的应对能力，执着于我们已经过时的理解方式，内心就会出现被隔离、被孤立的感受，从而萌生出一种融不进去的孤独体验。这就好似，冬至时北方人习惯吃饺子，而南方人则习惯吃羊肉，如果一个北方人在南方生活，每逢冬至他都执着于邀请当地的朋友一起吃饺子，时间久了，南方的朋友慢慢就不来了，因为吃饺子并不是他们度过冬至的传统，吃一次是礼貌，但次数多了就变成了一种改变自己传统的行为。如果这个北方人不能够理解其中的真实原因，一味偏执地通过自己的固有认知加以理解，他很有可能将其认为是朋友们对自己的孤立行为，从而给自己认定了融不进去的孤独。这个例子的严重后果可能略显夸张，有小题大做之嫌，但它丝毫不影响我们对其中原委的理解。

见微知著，无论是迁徙者还是异乡人，都是带着自己原有大环境的固有认知来到城市生活，与例子中的北方人一样，当他们试图通过自己对世界的理解来解决城市生活中所遇到的各种问题时，往往与自己的预期不尽相同。以前在老家与人相处时的不拘小节，现在都变成了本地人评判自己的标准；以前在老家认真做事时的沉醉其中，现在却成了老板认为自己不会变通的理由。以前引以为傲的优点，仿佛在新环境中变得一文不值，一前一后巨大的反差常常使当事人摸不着头脑，在自己固有认知的驱使下，思维越发变得局限，使他们在试图寻求问题真相时，往往屏蔽了自己、忽略了环境，可为了让自己内心得以平衡，问题总要有人背锅，于是本地人对外地人的排外行为就成了通用的替罪羊。更可怕的是，这种执念一旦形成，它就会像瘟疫一般无限延展，在这个大家都懒于动脑的时代，遇到问题时，寻找"现成的理由"成了当代人最为擅长的本领。在"排外行为"这个执念的影响下，"本地人"对"外地人"的苛刻评价受到了强化，即使是自己也会犯的错误，他们都能片面地归结于来自外地人自身的问题；而外地人对本地人的示弱态度也会受到进一步暗示，这种暗示使他们在职场或生活中，常常会将自己的身份当作甘于低人一等的理由，一旦遇到挫折或失败，也会纠结于这是本地人针对自己的排外行为。

假设在上班高峰期，一位乘客手忙脚乱地寻找投币的零钱，他的举动影响了身后大部分乘客登车，这时公交车司机不耐烦地唠叨，"你能不能快一点，为什么不提前准备好零钱？"，此情此景，如果这位乘客是本地人，他也许会向司机表示自己的无奈，也许会用急躁的情绪回怼司机，但不管是哪一种"也许"，他应该都不会联想到司机的言辞是一种针对自己身份的排外行为。但如果这位乘客恰巧是外地人，那么他对司机言辞的反应，可能就会多一种理解，认为是司机对自己外地人身份的排外行为，而当出现这种片面的理解时，他们往往会以沉默作为回应。这样的例子，在生活中屡见不鲜，这种明显具有偏颇的执念，仿佛是本地人与外地人达成的一种共识，但双方却又不愿言表，久而久之，这种情况就会以沉默、闷气的形式，以此表现外地人在新环境生活中的孤独体验。

然而，由于大环境不同而给当事人造成的孤独体验，其表现形式不仅仅为沉默不语或是闷声憋气，有些表现混合着当事人不愿屈服的性格，以一种咄咄逼人的形式展现给观众，这种情况类似于手持自负武器的自卑者。本着人往高处走的原则，也许吸引外地人驻留大城市的原因各种各样，但这些原因一定都有一个共通之处，大城市在某些方面会给外地人带来比自己家乡更好的体验。也许在外地人当中，有些人原先在自己家乡属于出类拔萃的佼佼者，学习能力、处事方式、人际交往，甚至是拥有出众的长相等等，在他们身上总有一个方面经常被街坊四邻拍手称赞，从小就被定义为优秀的行列，这些赞誉使他们形成了"自己比其他同龄人更胜一筹"的固有认知。拥有一份自信本身是件幸运的事情，而当他们来到大城市生活时，水涨船高，自己原有的优秀变成了一种常态，难免会有些不适应。这就相当于一个常年占据普通高中前三甲的优秀学生，突然来到了重点高中上学，名次掉到了班级的中间水平，这会让这名学生瞬间能够理解"一山还比一山高"的道理。可遗憾的是，现实生活中不会存在这份排名，不能直观地让我们这位优秀者理解自己的定位，他们仍旧按照原有的固有认知，将自己放在高高在上的位置，一如既往地期待着周围人对自己赞赏的特殊待遇。然而，他们自认为的优秀，却在别人眼中是再平常不过的操作，有时甚至还会被评价为差强人意，更不会给予任何称赞。这些优秀者习惯了被人称赞，一旦预期落空，他们反而会变得不能适应，需要用很长的时间来重新寻找自己在新环境中的认同感，以此来评估自己在新环境中的定位。而在他们真正理解人外有人之前，为了让自己重获赞赏，他们会极力地向周围人展示自己的优秀，当"鸡头般的优秀"一次次被赋予"凤尾般的评价"后，固有认知的狭隘使他们将这些评价偏执地归结为"本地人的嫉妒和排外"，而后因为身份的问题，纠结于融不进去的孤独中。

大环境对我们的影响，就像是一层密不透风的套子，牢牢地禁锢了我们向外扩展的视野，同时也封锁了我们天马行空的发散思维，我们会根据这个套子的形状，形成与其相似的固有认知，当我们携带着塑型成功的固有认知去踏足新的环境时，由于形状的不吻合，直接导致认知不能像从前那样与环境完美贴合。于是，我们在新环境下的生活较之从前也多了许多不如意，经过塑型的棱角与新环境的形状充满了违和，我们无法左右新环境的形状，而重新塑型固有认知也非易事，矛盾就此爆发，有些灵活度较高的人，选择了削骨剔肉般重塑自己的认知，以此作为融入新环境的代价。除此之外，绝大多数人却鲜有行于改变自己的魄力，更有甚者根本就不愿花费一番功夫去寻找问题的症结，当自己与新环境之间的矛盾展露时，这些人会用"本来就融不进去"、"大城市就是排外"等等消极的观念来安抚自己，并说服自己放弃与之抗衡，做出选择的同时，也就意味着再一次主动将自己列入了闭塞的层面，封闭在自己的世界里体验着被隔离的孤独。大环境的差异就成为我们感受"孤独"的另一个本源。

我们的原生家庭与成长的大环境，这两个几乎占据我们人生初期阶段所有空间的平台，在我们人生最重要的起步阶段，它们相辅相成手把手地教会了我们认识自己、理解世界，为了让我们今后能够独立于社会生活，它们以自己特有的方式，给我们量身定做了一套专属的固有认知。每一套固有认知都是历经它们千锤百炼，在时间的磨砺下敲打成形，由于敲打时的手法和火候不尽相同，产出的固有认知类型也千差万别，有的机变灵活、有的顽固坚硬，无论哪种类型，这些固有认知都是我们适应社会、解决问题、人际社交时的基本能力，也是我们在茫茫人海中实现个性化的充要条件。因为不同，我们能够实现个人价值；因为不同，我们会与外界出现矛盾纷争；也是因为不同，我们才会在人生中感受"孤独体验"。

第六章　孤独的意义

　　如果要让你思考"孤独的意义是什么？"，并做以回答。我相信这个看似简单的问题，一定会让大多数人哑口无言，抑或是尝试谈论一二，却发现自己所言不足以准确表达自己所感，甚至还有些人会认为，这个问题本身就不具备任何意义，对其嗤之以鼻。我们得到这样的结果也是情理之中，孤独作为一种特殊的情感体验，它不像喜悦、悲伤、愤怒被世人所赋予了统一的定义，使得世人很容易就能够加以辨别，因为不会有人用喜悦来形容生气行为。而孤独不同，它没有明确的定义，我们对它的认知显得既熟悉又陌生，熟悉的是它似乎经常出现在我们耳边，陌生的是我们却对它不知该如何定义。

　　孤独可以是文艺青年用来表达自己忧郁气质的惯用词汇；孤独也可以是精神病患用来描述自己抑郁症状的专用名词；孤独还可以是诗词哲人用来抒发自己孤傲特质的常用代码。这些都是孤独出现在我们身边的不同具象，抛开这些具象，孤独对我们的意义远不止上述范围，它以其附有诗意般的涵义，成为文学、哲学、文艺领域的宠儿，从加西亚·马尔克斯《百年孤独》里国家的迷茫到查理德·耶茨《十一种孤独》中个人的迷惘，从李白"独酌无相亲"的孤单再到柳宗元"独钓寒江雪"的孤寂，这些文人墨客无疑将"孤独"给予了更深层次的定义，一时间，孤独像是被赋予了生命般鲜活，成为这些文人墨客的灵魂伴侣。时至今日，曾经的那些哲人雅士早已悄然匿迹，他们伟大的思想被广为流传，当然伴随着这些思想被流传下来的还有他们那令人神往的孤独气质。"画虎画皮难画骨"，哲人们的精髓难以复刻，那就索性模仿哲人们的孤独气质。于是，孤独成为人们争相效仿的目标，大家通过孤独来摆脱身上的人间烟火气，通过孤独驻足为哲人的行列，孤独甚至成为自己有别于凡夫俗子的标榜之物。当一种情感体验变成了一件人人自诩便可获得的配件，孤独的意义已经失去了原有的色彩。

　　倘若事至如此，我们倒也好分辨孤独的定位，毕竟不是人人都甘愿涉足文学圈和哲学圈，那些游离在圈子边缘，自诩孤独的文人笔手到底也是少数人群。然而，随着社会进入互联网"云"时代，信息共享成为这个时代的主题，各大短视频软件、直播平台成了绝大多数人闲余之际的大本营，通过这些平台我们可以尽情展示自己在现实生活中不愿提及的另一面，就像是我们为自己人生重新申请的小账号，每天在手机、平板里打造自己的新人设仿佛成了我们离不开的重要环节。通过互联网，我们可以暂时撇开现实中的那些不尽人意，也不必考虑客观条件的约束，从而重新打造一副自己想要的形象，这时一个能够让大众接受的人设就成了自己新生命的核心内容。人设这种东西，既要塑造的超凡脱俗不同于普罗大众，以此来凸显自己的独特性，又要打造的亲和亲民以避免丑人多作怪，以此来确保自己的接地气。为博出位，各大网红博主绞尽脑汁，为刷存在感，各个普通网友思来想去，而孤独这个自带脱俗加成的词汇，就这样又一次来到大众面前。打开手机社交软件，以孤独为主题词搜索用户姓名，屏幕前的数字不胜枚举，以孤独为主题的贴吧、公众号更是举不胜举，各种以孤独为主旋律的文案在网络中层出不穷，"最深的孤独是站在人群中而哑口无言"、"夜是越熬越深，人是越活越孤独"、"当孤独变成一种习惯就不再奢求有人陪伴"等等，只要你够留心，类似的文案在网络中随处可见、比比皆是。这些文案凭借极其炫技的文风深得一众网友欢心，引得一众网友争先引用，我们不去谈论这些文案的内容是否与实际相得益彰，每天受到心灵鸡汤般的灌养，大家对孤独的意义会变的也越来越无法定义，可以肯定的是孤独不是酒足饭饱之后的无病呻吟。

　　在网络的催化下，孤独的意义被无限扩大，甚至变成了时尚、洋气与文艺的代名词，用法也变得不再单一，"因为孤独，所以我想找人聊聊天；因为孤独，所以我想我不能生病；因为孤独，所以我必须更加努力"。就像"老师"这个原本代表师徒之间称呼的专属词汇，现在已然变成了与陌生人接触时的一种尊称，"老师"的意义已经不能限于大家传统认知中的师徒关系，但我认为它的演变很好地化解了我们面对陌生人时，不知该如何做以称呼的尴尬局面，恰如其分地表达了当事人对于陌生人亲切却又不失稳重的情感体验。类似的词汇还有很多，"绿茶"从饮品衍生成了人品，"粉丝"从食品衍生成了群体等等，它们都是时代发展与社会大众追求生活极致而产出的衍生意，"孤独"也不例外。当我们因前途未卜而感到迷茫时，但又不愿承认自己的无目标，我们会用孤独来形容自己；当我们因时乖运塞而感到落寞时，但又不愿接受自己的坏运气，我们会用孤独来形容自己；当我们因瞻前顾后感到怯懦时，但又不愿直面自己的自卑心，我们会用孤独来形容自己，孤独已经衍生为我们情感中一种独特的表达方式。当然，这种现象也会给我们带来一些副作用，越来越多的人会随着孤独的衍生涵义，模糊了自身真实的孤独体验。于是，就出现了"为了孤独而自诩孤独"的行为，而滑稽的是，这种行为的本身就是一种个体感受孤独的过程。

"只缘身在孤独中"

但凡你足够留心，在我们身边随处都可见到"孤独"的影子，热闹的聚会中我们不愿与朋友祖露心扉，反而是等到聚会散去，回到自己的家中独自面对孤独；温馨的氛围里我们不愿与亲人面面相交，反而是更愿意通过手机隔空交流，即使坐在家中的饭桌前却依然宁愿低头享受孤独，放眼望云，仿佛我们身处在一个孤独的时代。随着社会发展，我们的生活条件得到了质的飞跃，生活品质提高了，可我们的幸福感却在慢慢减少。手机的盛行，改变了人与人之间的相处模式，我们开始习惯于低头交流，以前的欢声笑语变成了一个个表情符号，曾经的游走串门变成了一个个朋友圈分享，我们变得不再鲜活，足不出户便可实现维持社交、逛街购物，甚至外出就餐都可以用手机外卖来取代。一系列智能式的生活方式，对我们作为人的要求越来越低，通过互联网，当我们与人社交时，那些富有激情、感动等正倾向的表达在我们不经意间已然换成了一套不带情绪的机械式文字，在社交过程中我们的情绪正在不知不觉地流失，双方错失了大部分情绪上的互动，而这些情绪的积累却是我们从中感受幸福的加成。脱离了情绪的交流，难以激发我们彼此之间的情感，但人不能没有情感的滋润，缺失的部分会不自觉地伸向个体内部，当我们情感需求过载时，孤独体验就此而生。

存在即合理，在这个充满孤独的时代，每个人都有自己对孤独的不同见解，绝大多数人会赋予孤独负性的定义，认为孤独的出现，一定会伴生孤单、寂寞、无助、空虚等情感体验，甚至会将这些体验与孤独画上等号，从孤独终老、鳏寡孤独、孤掌难鸣等词汇中，我们也能感知到大众对孤独的偏向。然而，孤独并非我们所想的那样，全然是一种负性情感。心理学所描述的孤独，当某种社会需要得不到满足，或者对社会关系的渴望与现实拥有的实际水平产生差距时，人们就会产生的情感体验，换言之，孤独体验是一种由我们主观定义的情感，而孤独的意义也取决于我们对孤独的认知。如果可以选择，我相信绝大多数人都不愿意感受孤独带来的痛苦、煎熬，在直观感受和认知偏差的共同作用下，大部分人只注意到了孤独给我们带来的不悦体验，却忽略了孤独也有积极的一面，而孤独的意义就在于此。

就像发烧一样，虽然我们因为痛苦的生理反应而饱受煎熬，但发烧却是我们自身防御的一种生理应激反应，它的存在是为了避免我们受到更严重的病毒侵犯，以信号的方式给我们做以警觉。我们可以将孤独类同于发烧对自身的防御，当我们被孤独眷顾时，在享受这份独有体验的同时，我们也应该意识到，目前自己客观存在的现实所有已经不能满足自己内心的心理需求，而后顺藤摸瓜出自己当前所存在的问题，并加以修复或弥补。比如，一个住在集体宿舍的大学生，近期感觉到舍友们都在刻意地避开他，而他有种被孤立的感觉，从而感受到孤独。这时他应该意识到，自己目前与舍友们的相处方式已经不能满足自己对舍友互动的需求，于是这名大学生就应该思考自己与舍友之间相处的问题，并加以积极地沟通解决，以此使与舍友的互动重新达到自己的需求。这个例子向我们阐明了孤独最简单也是最直接的意义，绝大多数人都有过类似的经历，只是他们在解决问题的过程中，一般都会顺理成章地忽略了孤独的意义。

当然，孤独对于我们来说，一定会有较之更加深刻的意义，只不过这些意义大多时候都不被人所察觉，甚至毫不夸张地说，孤独有的时候更像是一种能力，确切地说是一种独特的天赋。而对于缺乏这种孤独能力或者天赋的人，他们眼中的孤独，伪装成了寂寞、空虚、迷茫、无聊的样子，当他们只看到孤独的样子时，就已全身而退、嗤之以鼻，于是便没有机会更没有时间去思考孤独更加深层的意义，当然也看不到附着在孤独背后的力量。正如前文所提到的，作家、艺术家、哲学家之所以会把孤独当作自己的灵魂伴侣，是因为他们在孤独中能够获得支持他们完成文学作品、艺术创作以及人生哲思的力量，这些力量可以使我们在解决问题时，能够展开全新的思考，从而打开我们的思维；可以使我们在夜深人静时，激发回归自我的冲动，从而重建我们的目标；可以使我们在重新认知世界后，拥有靠近他人的勇气，从而扩展我们的人生。当然，当我们看到这些文人墨客、诗词哲人对于孤独的定义后，我们或许从中能够得到些许感悟，但这并不意味着孤独能给我们每个人带来深层的作用。

如果我们想要按照上述意义来定义孤独，这不是一件难事，我相信所有语言功能正常的人都能够轻松做到，而我们定义孤独的目的，并不是为了简单的几句文字，我们需要从中获取自己能够切身体会的精神力量，从而升华我们的人生。当我们试图挖掘孤独的意义时，我们会发现这些所谓的力量不是按照时间发展顺序按部就班地逐一呈现在我们面前，否则人人都会成为哲学家，而它需要我们具备独处时的勇气、忍耐寂寞时的毅力、保持独立思考时的清醒，拥有这些才能突破层层煎熬，最终获取孤独赋予我们的精神力量。与孤独为伍是一场寂寞的旅程，途中我们要摒弃对孤独的刻板印象，突破孤独伪装的模样，感受孤独背后的力量，然后去享受这一切。

"跳一场思想的独舞"

　　文学作家在进行创作时，孤独常常伴随着创作灵感，激励着作家们打开思维的大门；得道高僧在进行打坐时，孤独常常伴随着悟性慧根，陪伴着高僧们参悟佛法的精髓，这些作家、高僧在大众眼中无疑是孤独的，也许他们形单影只、不善言谈，但他们却擅长思考、见地深刻，虽然孤独使他们经常感到"高处不胜寒"，但却给他们带来了超凡脱俗的云淡风轻，也许他们很难融入这繁市喧嚣当中，但也因此避免了世人那可怜的从众与相通，他们用自己的作品诠释着孤独的意义，用自己的人生舞出了一场华丽的思想华尔兹。如果说孤独使我们体验了一个人时的寂寞，那从另一个角度来看，孤独也给我们提供了独处的时间，能让我们隔离茫茫人海，屏蔽纷乱杂事，我们可以在孤独中尽情欣赏属于自己的思想独舞。孤独就像给我们建造了一座精致且封闭的舞台，我们作为观众坐在其中，舞台中央展现婀娜姿态的是我们的思想。这是一场只有一个观众的表演，表演的精彩程度以及表演的时长，都完全取决于观众在观看表演过程中的投入程度。观众的喝彩声、欢呼声能够激发这名思想舞者的曼妙舞姿，使她可以不知疲倦地在舞台上大放异彩，台上舞者起劲，台下观众兴起，精彩互动，相得益彰，这时孤独给我们建造的舞台变成了一座雅静幽深的闲庭小院，我们在其中享受到了一次完美的思想互动，意犹未尽。可如果场上唯一的观众在看表演时，总是处在一副忧心忡忡、身在曹营心在汉的状态，那我们这位骄傲的思想舞者一定会不屑地在一旁休息，或者即便是开始跳舞，也会敷衍了事地原地旋转，机械的动作，毫无享受可言，整场表演也会在观众内心紊乱的状态下死气沉沉，而这时孤独给我们搭建的舞台就会变成一座画地自限的时间牢笼，我们在其中承受着无助与煎熬，焦躁不安。

无论是"闲庭小院"，还是"时间牢笼"，都取决于我们对待孤独的态度，你若将它当成在闹市中自己难得的独处时光，于是倍加珍惜，那"孤独"一定不会辜负你的一片深情，它会带着全新的思想作为回馈，这些新思想会融入到我们认知当中，弥补我们认知中的偏差，积少成多不断调整我们理解世界和解决问题的固有认知，同时通过思考可以开拓我们的思维、提高我们的格局，使我们完成社会与自我的整合。当然，你若将孤独当成落单被孤立、被隔离时的惩罚，于是敬而远之，那孤独一定也会不负期望，对它的惧怕也将变成那些寂寞难耐、空虚无度、无所事事如期而至，这些感受日积月累，非但不能使我们成长，甚至会使我们一蹶不振、自暴自弃，最终在人生的挣扎中一次次选择放弃。

我们对孤独的态度的确是一门技术活，虽然我们当中不乏有些人天生就能驾驭孤独，他们内心平静，性格温婉，后天又很幸运地能够接受良好的教育，他们能够把孤独当作陪伴自己一起直面困难和解决问题的搭档，有时甚至会主动避开纷扰的喧嚣，给自己创造一抹孤独的氛围，在孤独中他们能够不被凡事所动，潜心思考，长此以往在各自领域享有一席之地，但这样的人仅仅为芸芸之中的少数群体，对于绝大多数的凡夫俗子来说，与孤独为伴、凭借孤独之机整合自己的能力，需要在后天的经历中不断突破和沉淀。对于天赋尚可的普通人来说，人生中所经历的挫折与坎坷，有时候却是激发我们驾驭孤独的强心剂，这些挫折、坎坷将我们隔离在一帆风顺的对立面，绝境给我们带来体感上痛苦的同时，也在不断刷新着我们心理耐受能力的底线和我们对于自己内心强大程度的认知。

梅花香自苦寒来，哲学家、诗人尼采是一位兼顾深刻哲思与浪漫气质的德国伟大思想家。当世人还在心安理得受制于命运的安排，每天都在虔诚地向上帝祈祷以求宽恕自己所犯下的各种原罪，并将其称之为所谓神恩赐的幸福时，我们的这位桀骜不驯的年轻人，毅然决然地选择了与世人相悖，伴随着"上帝死了"的厥词，揭示了传统文明对世人的限制，他用自己的语言向世人宣告，每个人应该从愚昧的崇拜神明聚焦回到自我实现，独立地为自己创造价值。这番言论在当时无疑是一种逆天而行的疯语，但他的思想却引发了现代西方哲学的思潮。尼采作为十九世纪一个特别的存在，从他的《悲剧的诞生》出版开始，世人从未停止对他的批判与攻击，他失去了生计、摒弃了圈子，没有门徒与子弟，孤独如期而至，流离失所陪伴他度过漫漫余生。然而，这种脱离常规的生存方式激发了他内心中最本质也是最纯粹的哲思。背井离乡的命运使他害怕孤独，沉浸忘我的世界却又使他需要孤独，在孤独中他从之前的"崇拜哲学家们"成长为"自己来做哲学家"，从之前的"崇敬和爱慕智慧"成长为"自己各方面都需要努力寻求智慧"，最终从传统世俗中回归了自我，找到了生命的价值。

不在孤独中消亡，就在孤独中超越。当我们通过寥寥文字来了解那些在孤独中成全自己的独行者时，我们仅仅看到了他们在孤独过后所绽放出来的耀眼光辉，而对于他们在孤独中所经历的痛苦挣扎却无法感同身受。面对这些独行者的丰功伟绩，我们在顶礼膜拜的同时，大多数人也将不自觉地把自己永远限制在崇拜者的角色里，他们心甘情愿地承认自己在思考方面的弱点，抑制了自己的思考能力，并习惯于从别人的人生中来定义自己的意义。他们甚至在毫无根据的前提下，就认为自己缺乏思考能力，这就意味着一旦他们被陷入孤独的窘境时，因为给自己加设的思考限制，而无法忍受独处时的煎熬，极力地摆脱孤独便成了他们首当其冲的应对方法。在这些人眼中，孤独能给他们带来的仅有无尽的痛苦，然而滑稽的是，他们因为畏惧痛苦，往往在痛苦来临之际就已通过各种方法逃离孤独，也就是说，他们所认为的痛苦也许远远超过了痛苦本身，索性也根本无暇顾及孤独给他们带来的独处机会，更无从谈及如何从孤独中超越。

　　海洋有范围，天空有边际，但我们的思想却浩瀚无垠。然而，我们绝大部分人往往因为麻烦而懒于去思考，遇到问题只要有解决的方法，绝不会自己费力思考，因为模仿肯定要比原创来得更加轻松，于是从单一的经验中去预期未来的事情成了绝大多数人固有的思维模式。他们还为自己的懒于思考，寻找到了一个冠冕堂皇的理由："自己脑子不行，没有思考的天赋"。无可厚非，在孤独中潜心思考的能力的确称得上是一种"天赋"，但天赋这种特质，是通过横向对比而产生的结果，他们大概忽略了还有一种纵向的对比方法，而这种结果被我们称之为成长。我相信智力商数达到80以上的人，一定具备独立思考的能力，但生活在车水马龙的人流中，我们独立思考的能力却很少被用到，因为前面章节所提及的本源问题，导致我们的思维像是被套上了一层限制，寻求思想上的突破变成了一种挑战，于是人云亦云成为绝大多数人的主流思想。人云亦云并不意味着可以永远脱离孤独的痛苦，这种行为只能剥夺自己独处时的思考能力，给自己原本浩瀚无垠的思想限定了结界。

俗话说"脑子越用越灵活"，我认为这句话最大的意义在于鼓励我们去勇于突破思维的屏障，凡事都能尝试全新的思考，这样我们会打开结界，发挥自己的思考潜能，在思考中提高自我，完善成长。这当然不是一蹴而就的事情，那些大艺术家、大文豪擅长在旅行时、泡澡时、喝咖啡时，甚至是半梦半醒的深夜里去寻找自己创作的灵感，我相信他们也不是一开始就具备这种思考的能力，也是通过一次次游离在"因脑子一片空白而毫无创作欲望"的绝望边缘，努力地逼着自己在孤独中寻求一条出路，在无数次失败的挣扎中，依然选择了坚持，才在某一天的煎熬中，突然找到了自己突破思维瓶颈的方法。曾几何时，我们也曾无数次面对孤独，与那些独行者相同的是，我们也曾经在孤独中感受到痛苦与煎熬，然而不同的是，我们当中的绝大多数人没能够突破瓶颈，却在某一次的挣扎中选择了放弃，于是孤独的痛苦又一次深深地扎进了他们的认知中。

孤独给我们带来了痛苦，同时它也给我们创造了突破自我的机会，但它却只愿和那些不畏痛苦、勇于突破的人为伴，作为奖励，我们的思想不被世俗所困，并将再次回归"浩瀚无垠"，也许这就是孤独存在的意义所在。

"做自己的知己"

　　我想大家一定会有过类似的经历，经常会有朋友发信息或者打电话，并以"在干嘛？我很无聊"作为开场白，来展开一段以向我们抱怨自己在生活中的各种奇葩遭遇，或是向我们侃侃而谈娱乐圈中的各种明星八卦为主题的聊天，这些话题无疑都是缺乏营养、毫无内容，甚至聊完之后就能迅速在我们脑海中消失得无影无踪，但它们却是逃离现实、打发时间的不二之选；在这个信息爆炸的时代，明星艺人、网络大咖稍有些风吹草动，在现实世界里就能掀起一阵阵轩然大波，于是八卦新闻、娱乐报道一个个借着各种小视频的"东风"被推送到我们眼前，消息刷新的频率远远超过了我们浏览的速度，仿佛我们有用之不竭的资源，使人应接不暇，使我们经常会沉浸在网络的世界里，忘却了时间，这些表现都指向了现代社会中我们最常见的现象——无所事事。也许有些人会认为自己一天到晚忙忙碌碌，就算是无所事事的聊天或是浏览娱乐新闻，也只是为了在紧张的工作之余打发闲暇时间、放松精神压力的一种方式罢了。这看上去的确是个自圆其说的好理由，但假设我们进一步深思一番，这种"无所事事"的深层原因就会逐渐显现。我们暂且不论每天忙碌地工作是否来自我们内心所向，仅以"打发闲暇而进行的聊天"来说，我们是否存在不愿一个人孤独地去面对闲暇时间的情况？而这背后的原因又是什么。我相信，忙忙碌碌的人，也许有各种各样的理由，但无所事事的人，绝大多数都是因为心中没有明确的目标，看不到未来的方向，取而代之的是无尽的迷茫。上班时，繁忙的工作暂时掩盖了迷茫带来的空虚，而缺少了工作填充的闲余时间，迷茫会变本加厉地拖着空虚入侵我们的大脑，于是无聊、寂寞便涌上心头。当潜藏在闲聊之下的原因被我们所觉察后，孤独便化作迷茫提醒我们是时候该认真了解自己时，孤独存在的意义便又一次浮出了水面。

　　"有志者，事竟成"。想要将"无所事事"变为"有所事事"，志向成为状态转换的关键性因素，只要心中有志，就一定有要为之努力的方向。而所谓的志向就是一种人生目标，人生目标不仅仅是一个努力的方向，它更是我们存在于世的意义所在。曾经被我们用无所事事所辜负的那些美好年华，它们将一去不返，青葱岁月转瞬即逝，当我们回望过往，唯有眼角的细纹见证了岁月的痕迹，面对一成不变、一事无成的自己时，我们将再次深陷无所事事的可怕轮回中，想尽所有来打发着闲暇时间。没有目标的人，就好像随风摇曳的芦苇荡，来去皆由风的左右，终不能摆脱风中消损的命运；而拥有明确目标的人，就像向日葵以太阳为方向，随日而转，最终硕果累累满载而归。我相信绝大多数人都能够理解目标对于自己的重要意义，他们也在试图为自己制定一些看似可行的人生目标，但在为之努力的过程中，不是三分热度过后目标凉置，就是好高骛远造成目标闲置，最终都逃不过半途而废的下场，继续无所事事地生活着。正如上一章所提到的，我们对于制定目标与规划人生的不擅长，看上去仿佛与我们经历无所事事有着某种微妙的关系，而当我们拨开这层关系的影影绰绰之后，隐藏在这些不擅长下面的是我们对自己的不了解。

我们所谓的目标，并不是非要以功成名就作为衡量的标准，即使没有达到丰功伟业的高度，也不代表会错付了韶华，毕竟不是人人都能够实现"一个亿的小目标"。目标是一个"无关社会影响、无须与人攀比"给自己的承诺，在不影响他人的前提下，做我所想，行我所能。所以，"了解自己、知己所求"成了我们制定目标的决定性前提。绝大多数人顶着生活的压力，匆匆忙忙度过一天，日复一日，年复一年，忙于世俗，闲于迷茫，等待繁华落尽，终逃不过"碌碌无为"的命运。也许，我们知道自己的喜好，知道自己喜欢吃的食物、看的书籍、听的歌曲等等，这些喜好作为一种生活中的兴趣爱好，的确能够为我们的人生带来一抹色彩，它们就像人生道路上盛开的美丽花朵，虽能增色，但倘若以花朵来确定我们的人生目标，却实在显得有些草率行事。然而，即便是这些路上随处可见的花朵，有些人也会因为赶路途中的焦急而泯灭了那份驻足赏花的惬意，当聊及有关兴趣的话题时，他们往往会以"我都还好，没什么特别偏爱的爱好"或者以"我都能接受，没什么不喜欢的事情"这样的言辞做以回复，也可能为了避免无言以对的尴尬局面，他们也会人云亦云地侃侃而谈一番，但无论怎样夸夸其谈，都无法改变"不了解自己"的事实。"不了解自己"这个听上去有些不可思议的话题，却成为当代社会中人们的一种普遍现象。

正如前面几章所描述的那样，绝大多数人的生活中充满了各种压力，工作业绩、子女教育、房贷车贷早已使我们将年少时仰望星空对自己所许下的承诺抛之脑后，也将那些曾经拍着胸膛、信誓旦旦要完成的目标遗落在上下班的地铁里，他们离自己最初的目标越走越远，为了不让这些逐渐远去的目标牵扯自己太多精力，时间久了，索性也就抛下了，最终变成了这人潮里"不了解自己"的一朵平淡的水花，随潮逐流。

我们对于制定目标的不擅长，是我们"不了解自己"的产物，而它的存在又会混淆我们"不了解自己"的真相，更可怕的是它并不会单一出现，它会在"没时间"这个伙伴的蛊惑下，变本加厉地让我们越来越远离自己。这里的"没时间"并不是指真的没有时间，而是绝大多数人为了逃避独处时面对自己迷茫而产生的不悦感，从而加以主观上的判断，这是一种认知上的错觉，这么做的好处，是尽可能地缓解绝大多数人因为自己懒于思考而心生的自责。这也就能够解释为什么大多数人不愿意独处，并且惧怕孤独体验的原因。"没时间"完全是绝大多数人表达拒绝时的惯用方式，当我们拒绝他人求助或是邀请时，"不好意思，我没时间"，的确是一个礼貌且不伤和气的、能让对方接受的理由，于是，为了让我们自己也能够合理地接受自己不愿制定目标的现实，"没时间"会紧随"不擅长"的脚步随之奉劝我们放弃突破，"不了解自己"的真相又一次跟我们玩起了捉迷藏。我们想要了解自己的愿望变得困难重重，种种窘迫下，能够静心独处的时间就显得格外重要，而孤独就成了我们了解自己的唯一机会。

《论孤独》中有过这样的描写，"人与兽最大的区别便是人会思考，并且人在思考时需要通过不断地阅读来获取知识，这就让人们在孤独中有事可做，时刻处于充实的状态。譬如假如我们爱上文学，就不会抱怨生活无聊，而是感慨生命短暂。"这段话向我们揭示的孤独的意义所在，孤独此时的意义完全取决于我们在孤独中体验的内容，如果我们一味地畏惧来自孤独中的负性体验，那我们将永远不会从中获取成长，那我们将会以痛苦来定义孤独的意义；如果我们能够在孤独中直面自己内心的真实，合理利用这来之不易的独处时间，潜心思考，回归自我，那我们一定会在孤独中获取成长的动力，孤独的意义也将会被我们重新定义。当我们愿意鼓起勇气，试图开始了解自己、回归自我时，孤独就会给我们提供一个屏蔽世俗喧嚣、阻断外界干扰的静谧世界，在这个世界里，没有客观现实的局限，也不必面对复杂的社会人际，我们可以摒弃一切杂念，与真实的自我对话，去寻找自己的喜好，成为自己的知己，制定人生目标，完成自我成长。

日本作家斋藤孝在《孤独的力量》中提到，"实际上从某些方面来说，人类在回归到一人独处的状态时可以感到心安。拥有自我的时间，可以让人感到精神上的安稳。"然而，对于绝大多数习惯了人云亦云、随波逐流的人来说，"了解自己，回归自我"是一个漫长且富有挑战的过程，即使我们能够清楚地认识到每天不断重复昨天的日子最终会将我们变成一个个没有灵魂的躯壳，然而想要突破习惯、打破已经适应的生活模式，看上去也不是一件简单的事情。当我们面对自己坚不可摧的固有认知时，绝大多数人常常会以"我知道自己的问题，但就是做不到改变"这样的认知来限定自己的行为，"因为我不行，所以我不做"的思维方式本身就是一种逻辑上的倒错，但如果我们试着突破固有认知，走出舒适圈，也许在开始的阶段效果甚微，但请你不要心急，在跬步千里的过程中，不经意间我们就会成为自己的知己，也会带着慎独、自律这两个新朋友陪伴我们左右，等到那个时候，迷茫将会落荒而逃地远离我们，寂寞会化为一缕温柔拥抱着我们，我们会坐在宁静的时光中，细细地品味生活，通过追逐自己的人生目标，一点一点地解读着生命的厚度。在孤独中，我们开始享受自己的人生。

"远离孤军奋战"

当我们开始与孤独为伍，并能够从孤独中获取成长的力量时，孤独体验对我们来说就不再是一种煎熬，而成为一种享受，在孤独中我们看到了真实的自己，并将这份真实带入到现实当中，长此以往，我们的思维不再受到固有认知的局限，在理解世界时也在不断地回归自我，解决问题时思维也会遵循自己的初衷，慢慢地我们会发现，原来自己之前随波逐流时拼命所追求的人前名利或是人后攀比只不过是一个个虚无缥缈的过眼云烟罢了，我们开始摆脱这些虚幻，努力用真实证明自己的价值时，我们已经做好以一个独立且成熟的个体，在人生的道路上绽放光彩的准备，这时，孤独的另一个意义将伴随着真实的自己一起出现，以一个独立且成熟个体的身份融入世界，成为孤独给我们带来的终极意义。

这的确是一个值得我们深思的问题，历史上那些伟大的思想哲人，他们在孤独中用生命诠释着"不疯魔不成佛"的决心，在他们的世界中做到了与孤独为伍，并在长期的孤独中回归了自我。这些哲人不在少数，他们对追求思想的纯粹，几乎达到了忘我的境界，而这种纯粹却让他们的行为异于常人，这在当时无疑是一种不被社会所接受的事情，于是他们成为另类，被排挤在社会之外，不被大众所接受，甚至是为了这份纯粹不惜以生命为代价，去坚持自己的理想。布鲁诺追逐"日心说"的纯粹，使他不顾火焰的灼烧，也要向世人游说自己心中的思想；海子向往自由的纯粹，使他即使放弃了躯壳，也要向世人展示自己心中的向往。这样的例子数不胜数，他们都在自己所创造的世界中得到了超脱，但这份超脱仅仅限于他们自己的世界，不知可否，这些伟大的思想哲人、诗歌旅人思考着人类最深奥的问题，却缺少了一份融入社会的能力。在孤独中，他们激发了浩瀚无垠的思考能力，也寻找到了内心深处的自我，但却忽略了融入世界的意义。我们目前所知的那些伟大的哲学家、艺术家、诗人，有很大一部分都是在过世后，他们的作品或思想才被人们挖掘、认可，并广为流传至今。也许，在曾经的某个时代，也曾出现过一些具有独到见解的旷世奇才，他们也曾一次次在孤独中挣扎，并冲破思维的枷锁，完成对人类的思考，也许，这些旷世奇才也曾像那些伟大的名人一样，经历着不被世人所接受的生活，但他们却没有那些名人幸运，他们在孤独中所结晶的思想没能被流传下来，以致他们最终在不被接受的社会中销声匿迹，也许，他们在临终前会突然意识到，"以一个独立且成熟的个体身份去融入社会"，这本身就是孤独的意义所在。

当我们历尽艰辛终于在孤独中寻找到真实的自己时，当我们习惯沉浸在慎独与自律的生活中去实现目标时，那种感觉就像是独自漫步在幽静的林间小路上，亲情、爱情、友情会化作一缕缕清澈的阳光，透过闪烁的树影斑驳地洒在我们身上，在这条通往人生目标的小路上，我们心情舒畅，鲜有烦恼，聆听着周围的鸟鸣声一步一步地实现自己的梦想。突然有一天，你会发现在你的小路不远处，有一个和我们同样的人漫步在属于他的小路上，你们面面相觑，你们开始攀谈，开始向对方述说着自己想要到达的梦想，在一番相谈甚欢之后，你发现你们的目标如此相似，你开始享受这份惬意与理解，于是，你们开始相伴而行。就这样，在实现自我的道路上，加入你们队伍的人也越来越多，这条小路越走越宽阔，越走越平坦，除了耳边萦绕的鸟鸣，还多了一些理解的声音，在后知后觉中，你突然发现原来属于自己的梦想和目标在与大家融合之后会显得更加有意义。回到现实中，当我们在孤独中了解自己、明确目标之后，我相信我们一定会为之努力实现自我，但现实不同于思想，个体不能仅仅活在自己的世界中，我们的梦想与目标也要建立在现实生活之上，在我们回归自我的同时，我们也无法否认自己仍然是社会一员的事实，所以，如何以自己的身份融入社会、让自己的个人理想与社会理想融合在一起成为我们终身都要努力的课题。

也许，有人会提出这样的疑问，"我们在孤独中备受煎熬，费尽心思去寻找自己、回归自我，就是为了能够做回真实的自己，以避免在茫茫人海中的随波逐流，现在为什么又要想方设法地去融入这人海"。我们在孤独中回归自我的目的，并不是为了独立于社会，假借真实自己的理由，游弋在自己创造的幻想世界里，对周围的人和事毫无忌惮地生活着，也许你可能因此会为驾驭孤独而感到无比欣慰，但这样的生活的确脱离了现实，我想绝大多数人都不会把孤独终老作为自己的人生目标去奋斗，孤独只是我们回归自我的条件，而它并非是我们的人生目标，即使你对孤独情有独钟，也无法做到脱离人群生存，至少绝大多数人都无法做到，所以我们在孤独中回归自我的唯一目的，只是为了能够以真实的自己更好地生活在当代社会中。

融入社会，并不意味着让我们费尽心思、委曲求全去一味地讨好和迎合，这种融入只能被称作盲目合群，生活中不乏有些人为了融入一个圈子，努力效仿着别人的言行举止，甚至是思维方式，最后把自己折腾的既不像自己，也不像别人；也有些人为了不被排挤，一直强迫着自己参加一些自己并不喜欢的饭局或是聚会，强迫自己与别人交流，还要装作一副很开心的样子，他们认为这种盲目合群是自己融入社会的基本表现。这些盲目合群的行为并不在我们讨论的范围之内，因为这些行为的发出者还没有寻找到真实的自己，盲目合群也只是为了使自己不再承受被孤立的负性体验，他们仍旧处在惧怕孤独的初级阶段。而此时的我们已经在孤独中寻找到了自己，确定了人生目标，我们所谈论的融入已经摆脱了盲目合群的低级趣味，应该将目光锁定在更高层次的社会定位方面。社会定位的基础是了解自己，我们在孤独中努力地去了解自己，整合自己，这是一个自我成长的过程。然而，正如前面几章所描述的那样，在社会中不是人人都有这样的觉悟，绝大多数人仍然处在惧怕孤独、盲目合群的阶段，而我们在经过一番蜕变之后，需要在茫茫人海中鉴别那些与我们同样完成蜕变的群体，交流各自的思想、体验各自的经历、理解各自的目标，实现合作，最终完成共同的成长，这就是我们所谓的融入社会。

美国作家卡耐基曾经说过，"想要获得成功，方向比速度更为重要，选对了同行人，你也就成功了一半"。选对"同行人"也就是要给自己找到一个精准的社会定位，只有找到社会定位，才能选对社会圈子，才算是真正地融入社会。回归自我能够使我们完成纵向成长，当我们找到了精准的社会定位，在真正地融入社会之后，我们不会再为了所谓的误会、不理解去和那些定位较低的人群发生争执或是辩论，我们对于那些定位较低的人群多了一些豁达与包容；我们会在与自己定位相当的人群中找到久违的归属感，体验理解和支持的幸福感，感受与他人同频共振的融入感，你不再是孤军奋战，伴随着这份归属，与这群人一同在实现目标的道路上合作共赢；此外，我们还会把精力放在定位较高的人群中，会虚心向他们学习，以横向对比的角度不断地对自己进行重新认知，他们能够激发我们进一步去挖掘自己的欲望，以提升自己的社会定位。从孤独中回归自己，仅仅是决定了我们人生的起点，能够从孤独中融入社会，才是决定我们人生高度的关键。

我们一生都在寻求人生的意义，当我们遭遇不公对待时，才能真正理解公正的价值；当我们尝到背叛的滋味时，才能真正感受忠诚的重要；当我们偶尔运气不佳时，才能真正明白成功的艰辛；当我们经历过孤独后，才能真正体会成长的意义。这些被人们定义为不幸的遭遇，却决定了我们理解人生的深度，也许"没有寒彻骨，哪得扑鼻香"本身就是一种人生的意义。我们从孤独中衍生出了寂寞、空虚的糟糕体验，我们也从孤独中寻找到思考的深度，也慢慢领悟着孤独的意义，开阔思维、回归自我、融入社会就像孤独给我们的补偿，不断引导我们突破局限去往真实的自己，实现一个个的人生目标，最终完成人生的整合。

宇宙浩瀚，我们的人生显得如此短暂，追寻人生意义的道路也不会一马平川，途中总有些磕磕绊绊在等着我们去披荆斩棘，在这其中，孤独既是路上折磨我们的磨难，也是蜕变我们的时机，面对孤独我们应该把握时机，不放弃每一次寻求意义的思考，超越孤独，实现自我价值。

第三部分　超越孤独　直奔幸福

第七章　超越孤独

我们已经从家庭、婚姻、社交以及自我当中寻觅到孤独的影子，从原生家庭和生活的大环境中发觉到孤独的本因，再从孤独的意义中对孤独有了新的理解与认知，当然，这并不意味着我们对于孤独的定义，会因为年龄的增长或是时间的发展，水到渠成地完成升华。从我们记事开始，孤独就时不时地会出现在我们的生活中，从小时候独自睡觉时的害怕，到长大后格格不入的尴尬，它就像一位老朋友一样常常陪伴在我们左右，既然是朋友，就会有远近亲疏的区分，而影响我们与这位朋友关系远近的，正是我们与其相伴时的顿悟。正如前面几章所描述的那样，我们对于孤独的理解与认知，完全取决于我们对待孤独的态度，从对孤独敬而远之的惧怕阶段，我们仅仅感受到"人比烟花更寂寞"般的空虚，于是我们奋力远离它；在对孤独抽丝剥茧的认识阶段，我们开始感受到"漫卷诗书喜欲狂"般的窃喜，于是我们努力探索它；在对孤独了解自我的享受阶段，我们能够感受到"无限风光在险峰"般的心境，于是我们试图拥抱它，这其中的每个阶段都需要我们通过顿悟来激活对孤独的态度。这也就意味着，有些人可能终其一生，对孤独的态度都处在惧怕阶段，他们往往懒于顿悟，得过且过，他们总是与孤独刀剑相向，而孤独也不会手下留情，最后却斗得伤痕累累，留下的只有空虚与寂寞，而有些人对待孤独的态度却截然不同，他们愿意张开双臂拥抱孤独，并从中学会与自己相处，变被动接受为主动选择，最终在孤独中体验成长的快乐，解读人生的意义。

惧怕、认识以及享受包含了绝大多数人对孤独持有的态度，然而，在我们当中还有一部分人，他们在长期体验着"享受孤独"的过程中，不断地完成自我成长，久而久之，孤独对他们来说已经不再是一种单纯的主观感受，而更像是一种生活状态，他们在孤独中实现了自我升华，我们将这种对孤独的态度称之为"超越孤独"。与马斯洛在需要层次理论中所定义的"自我实现"阶段相类似，"超越孤独"阶段没有终点，是一种发展性状态，是我们一生中所追求的终极命题。当我们在孤独中不断了解自己，在对自己足够了解的基础上，我们就实现了回归自我的可能，而只有我们实现回归自我才能在社会中精准地给自己定位，最终融入社会，这看上去是一个完美的自我成长流程，而我们的自我成长却不仅限于流程，它没有定义中的终点，这就意味着，自我成长不存在尽头一说，只要我们愿意，在我们生命的任何阶段都可以完成自我的成长。在与孤独为伴完成蜕变的过程中，我们会把对理解世界的焦点从外部世界聚焦回到自我内部，当实现融入社会之后，这种聚焦会变本加厉地出现，我们会不断地审查自我与不同定位之间的距离，这些距离包括价值取向、思维方式的差距等等，距离一旦被察觉，我们就会发现原来对自己的了解还远远不够，于是我们开始在独处中重新了解自己，同时也会把实现自我当作人生目标。这是一个不断挖掘自我潜能的过程，在这个过程中，我们较之以前会不断地提升自我，当量变积攒到一定程度，在孤独中超越自我就成为我们的终极任务。

"超越孤独"就是"超越自我"，它是无数次近乎完美的成长循环，我们在这个过程中，一次次从认识自我、探索自我、审视自我、提升自我的无限循环中不断刷新自己的价值取向、进化自己的思维模式，我们在日常生活中的各项能力也会随之有所飞跃式的升级，张弛有度地维持家庭关系、应付自如地开展人际交往、游刃有余地发挥职场社交、问心无愧地面对自我选择，也许我们在生活中仍旧能够遭遇与人矛盾、不被理解、情绪波动等等负面问题，但随着这些能力的提升，我们对于这些生活中的负面问题会萌生出新的认知，这些认知又会影响我们对此类事件的评估，因为新的评估结果而产生的不同行为就是我们的处事之道，而这个过程就被我们称之为成长。成长是在且仅能在孤独中完成，所以在成长的循环中离不开孤独的作陪，此时的孤独已并非我们传统所定义的孤独，世人眼里的孤独，此时已化作哲思来指导我们完成一次次的超越。

　　成长是一个复杂的心理过程，简单来说，我们在成长的过程中，一方面要保持自己的独特性，这是区分自己与他人的关键，而另一方面，却又要完成在与外部社会联结时随之而生的共同性，这也就是前面所提及的融入社会，这两种看上去相互矛盾的发展方向，在我们强大且复杂的自我作用下，最终达到整合的状态，这就是我们所谓成长的目的。然而，当我们试图与社会产生联结时，自身的独特性一定会成为我们与外界融合的屏障，正如前面几章中所描述的那样，我们与家庭、婚姻、社交等等产生联结时而导致出现的孤独体验，就是一种我们独特性影响我们与外部环境相融合的表现。此外，来自我们自我的独特性并不仅仅只有一个方面，作为一个完整的个体，我们会在不同方面表现出自己的与众不同，这些独特性就像一列列奔驰的列车，个体就是整个庞大而又复杂的铁路系统，如果没有周密的规划，列车运行就会出现一团糟的情况，这个周密规划就是我们所谓的自我整合。规划做得越严谨，能够同时运行的列车数量就越庞大，运输承载能力就越强，同理，我们自我整合的能力越强，能够受管理的自我独特性就越多，我们的成长就随之越快。当然，在我们当中，有相当大的一部分人会选择执念于其中的一个方向发展，当他们执念于自我独特性发展时，不会考虑外部世界对自身的影响，自我为中心是这类人的特点，与此相反，假如我们极力地追求与社会的共同性，而将自我独特性放置视野盲区，这么做往往会导致盲目顺从的危险。无论哪个方向占比过大，都会不利于我们融入社会、实现自我，所以整合的重要性也体现于此。

超越自我就是我们完成自我整合的必经阶段，我们对于自我的整合，首先要以我们固有经验中不适应社会的那部分独特性为起点，不断地以相同社会定位或是更高社会定位的人群作为参考，类比他们在生活中解决此部分问题时所表现出来的价值观或是思维方式，并对事后效果进行评估，再以此衡量自己的距离，并学着修改自己的不妥之处。然而，在这个过程中，找到自己与他人的距离并不是最难的步骤，难点在于我们如何对自己不认可的思维实现修改、如何对自己认可的思维进行消化，期间我们一定会出现有心无力的情况。当我们试图对自己不认可的那部分独特性进行修改时，因为从小的固有认知已经根深蒂固，我们现在想要将其加以改变，用自己的意识否定曾经自己认可的意识以形成新的意识，这听起来就是一件困难重重的事情。在这个过程中，我们脑海中要对自己的认知完成"识别、否定、重建、强化"等无数次循环，识别自己认知中认为的不妥之处、否定自己不妥之处的认知、重建新的有利认知、强化新认知解决问题的模式，这是一个需要无数次循环的过程，循环的次数取决于我们的受教育程度、文化背景、成长经历等等因素，而循环中的任何一个步骤出现差池都会对最终的结果产生影响，这个复杂的过程就是超越自我。

例如，当我们在得知自己的好友获得一些荣誉时，你会以什么样的态度面对好友，如果你因为出现嫉妒、不服或是不屑等态度，并在这些态度的刺激下，表现出不过如此、那又怎样、我也可以等想法时，那么你将会因此感到不悦，身处的环境也会因你而变得不和谐，同时也阻碍了你融入社会的目标。此时你的另一位好友，在面对此事时，表现出赞赏的态度，因此献上自己的祝福，并为之感同身受，氛围其乐融融。你看到面对同样的问题，你的这位好友的处理方式远比自己更能融入社会时，于是你开始想要改变自己。当你萌生出"想要改变自己"这个想法时，你已经开始想要识别自己独特性中的不妥之处了，在自己感到不悦的想法后，你会觉察到自己对于"好友获得荣誉"这件事的态度有所不妥，对自己嫉妒、不服的态度尝试做以否定性的判断，而后你会试图建立新的认知方式，即对事件的新态度，这个新的态度来源于自己对他人态度的评估，在建立新认知之后，你需要通过一次次生活事件来强化自己的新认知。然而，在现实生活中，绝大多数人并不具备否定自己的能力，即使在他们因为嫉妒等态度而引起不悦情绪时，他们也会认为这是一种正常反应，而看到他人因为赞赏而祝福别人时，他们也不会为此产生思考，他们甚至会将这种行为定义为一种伪善，对此嗤之以鼻，就这样，在下一次类似事件发生时，继续重复自己的独特性。这样的人，永远不可能完成超越自己的任务，固步自封地原地踏步，而成长也成了被他们限制在身体与年龄的范围之内的概念。

当我们试图突破固有认知，剔除自我独特性中的不妥之处时，这就像是现在的自己在与过去的自己进行一场激烈的辩论赛，我们要想方设法地说服过去的自己，用充足的论据来支撑自己的观点，这是一场持久战，但只要我们超越自我的决心足够强大，最终一定会迎来胜利的曙光。当我们在超越自我的战斗中占了上风，我们会发现自己的世界将会焕然一新，随之而来的是如沐春风般的新生活，此刻再回想曾经那个在孤独中顽固不化的自己，我们一定会为自己的超越感到无比欣慰。正是因为超越自我困难重重，才有了区分社会定位的标准，也才成就了我们涅槃重生般的成长。

"无与伦比的心流体验"

在超越孤独的过程中，我们要不断地与自己已经形成的独特性展开辩论，还要不停消化掉那些我们由外部经验改造而来的内化认知，这是一种复杂的体验，而且整个过程都只存在于我们的大脑之中。然而，不可思议的是，要想更好地完成这样一个复杂的过程，却要求我们要具备相对单一、不掺杂其他多余动机为前提而进行的行动。如果我们在试图超越自我的过程中，顾虑过多、事无巨细地想要尽量考虑得面面俱到，那我们一定会因此而感到忧心忡忡，这样做会使我们将大量精力用到无限的思维活动中，我们越想思虑周全，就越会不够周全，因为在这场辩论中，我们既扮演"正方"角色，又要充当"反方"角色，很容易就会出现自相矛盾的窘态，过多思虑反而会扰乱我们超越孤独的思绪，无形中增加了整合自我的难度。相反，我们需要在这场辩论中，抛开杂念、专心致志地选定一个目标，全情投入所有注意力，这样反而会更好地整合复杂的局面。当我们能够为一件事倾尽所有、专注其中时，我们会发现在某一时刻能感受到一种特别的体验，在这期间我们不会因为杂事失序而分心整顿，也不会感到外部威胁而防卫危险，我们能够感受到做事时专注的无限乐趣，这种乐趣像是一股暖流伴随我们最终达成目标，完成孤独的超越，这种无与伦比的现象我们称它为心流体验。

在心流体验中，我们能够充分将自己的意识掌控于股掌，并能够将枯燥的头脑风暴转换为有趣的生活乐趣，我们是自己精神能量的绝对主宰，可以将自己的意识管理得井然有序，于是我们能够将大量精力专注于自己所选定的目标上，使之能够更好地实现。从某种程度上说，心流体验是我们在独处时，不断逼着自己发挥自身的潜能，当潜能到达极限时，我们的身体会对我们的意识给予一种友好的反馈，我们可以将其理解成是一种奖励，这种奖励使我们能够暂时忘却身体的疲劳，沉浸在精神层面的享受当中，然后我们会满怀敬畏地回顾自我，感谢自己所做的一切努力，那种快感无与伦比，简直妙不可言。它是一种成功自我控制之后的欣喜若狂，也是一种感谢自己的自我满足，同时也标志着在这场自己与过去自己的辩论赛中，现在的自己所取得的胜利成果，这同时也是一场自我控制能力的训练，在训练的过程中我们掌握了自律与集中注意力的诀窍，也因此换来了那份唯有自己独享的快乐。

有了心流体验的加持，我们在超越孤独的道路上显得不再那样煎熬。分享一份属于自己的心流体验，曾经的我对运动完全处于不感冒状态，也从未想过运动和自己会有任何交集，直到有一次与朋友相约爬山，一路上我用虚汗、气喘完美诠释了与自己年龄极为不符的体力，最后在朋友的帮衬下才勉强登顶。那次对我来说足以称之为艰难的爬山经历使我意识到，一直以来自己对自己的健康都处在不被监管的状态里，于是我下定决心开始跑步，以起到强身健体的目的。对于一个常年不爱运动的人来讲，跑步是一件极为痛苦的事情，刚开始跑步的时候，我甚至都不能坚持跑完两公里路程，每多跑一步对我来说都是一次放纵与尊严的挣扎，过程极其艰难。但我深知放弃运动就等于放弃自己的健康，于是我强忍着痛苦选择了坚持下来。为了不在跑步中过度关注身体的疲乏感，我尝试着用音乐来转移跑步时的注意力，经过自己不断的努力，我在一个月之后，终于可以完成3公里的跑步任务。当我看到自己的成效后，我更加充满了斗志，在某一次的跑步中，我突然感觉到世界静止了，只有音乐在我耳边萦绕，美妙的旋律仿佛带着我前行，整个身体都随着节奏飘了起来，那一刻我心无旁骛，那一刻我无比豁然，丝毫感觉不到身体的乏累，我进入了心流体验。从那以后，我不再抵触跑步，我甚至喜欢上了跑步，在跑步中我能全神贯注地聚焦自身，能专心致志地整合自我，在这场与自己懒惰的角斗中，我最终战胜了自己，达成了目标。回顾自己跑步的过程，我很窃喜，窃喜自己在挣扎中选择了坚持，也窃喜自己在孤独中完成了一次超越。然而，心流体验给我们带来的益处远远不止是达成一次目标任务这么简单，我们在心流体验中所获得的战胜自己的快感，会随着我们的认知而迁移到下一次的挑战里，在今后遇到人生其他战场的挑战时，我们多了一份胜利的自信，也多了一份敢于去战胜一切的勇气。毋庸置疑，我们从心流体验中获得了成长，同时也为我们今后在超越孤独的行动中积攒了宝贵的经验。

心流体验为我们在超越孤独的道路上提供了一个脱离荆棘的可能，使我们超越孤独的过程变得更加有趣。此外，心流体验的存在也为我们揭示了幸福的源头并不来自于外部世界的名利，它引导我们走向内心的平静，只有达到全神专注于某件事的程度，我们才有可能实现精神世界与外部世界的完美融合，这才是我们幸福的源头。当走进心理诊所的成功人士回顾自己的过往时，他们也许会在自己年近半百的时候才能幡然醒悟，原来自己前半生所追求的金钱、地位、权力不过是身外之物，在满足了名车、豪宅的欲望之后，他们却没有得到想象中的幸福，一味地追求物质上的丰腴仅仅使他们变成了一具人潮中随波逐流的傀儡罢了，于是他们一边应付着人们的羡慕，一边却对自己满足了物质欲望之后的空虚而感受着迷茫。物质的丰腴只能暂时给我们带来快乐，这种快乐源自于他人对我们的看法，当这种快乐一旦被变得习以为常时，它给我们所带来的幸福感会不断降低。而从心流体验中我们却能感受到来自自己内心的平静，这种平静是我们对过去所发生的一切的总结，也是应对将来要面临的问题的方法，它将永久性地向我们提供成功带来的幸福感，这也是我们要完成超越孤独达到整合自我的一个重要原因。

　　心流体验使我们具备了无惧挑战的勇气，也赋予了我们感受其中的幸福，但这并不意味着我们在经历过心流体验之后就可以肆无忌惮地无视一切挑战。在我们的生活中处处存在着挑战，前面提到的跑步就是一种挑战，挑战的目的是为了改善我们的生活品质，同时也是为了能使我们更好地融入社会。当然经历过心流体验的人都会有一套自己应对挑战的小技巧，好比之前为了能够坚持跑步，我用音乐节奏配合步伐变换以达到最佳体验的效果，甚至在周杰伦或是 Lady Gaga 的快节奏音乐中，我能够完成 22 分钟跑完 5 公里的任务，这就是一种小技巧。当我们运用这些小技巧来应对所要面临的挑战时，我们挑战成功的概率取决于自身能力和挑战难度之间是否差距悬殊，也就是说，如果我们挑战超出我们实力的事情，就算你所用的技巧再怎么娴熟，也未必管用，比如如果让我在规定时间内完成马拉松的任务，即使是周杰伦或是 Lady Gaga 现场为我打气，估计我也无法顺利完成这项挑战。反之，如果我们去完成一项轻而易举的任务，我们甚至不必花费过多精力就能够顺利完成，那么这个任务对我们来讲根本不能称之为一种挑战，我们也不会在完成的过程中产生心流体验，超越更是无从谈起。这就是我们要对自己进行精准社会定位的原因，挑战难度过低，我们会对此毫无兴趣，不足以使我们超越孤独整合自我；挑战难度过高，我们会对此力不从心，同样也无法从中超越孤独。只有给自己精准定位后，选择与自己旗鼓相当的难度，我们才有可能从中感受心流体验，完成超越孤独的任务，从而达到成长的目的。

从孤独中感受到的心流体验，是我们在独处中给自己的一种鼓励，能够使我们更加坚定自己想要超越孤独的选择，也是我们在孤独中探索自己无限潜能的一种能力，能够使我们时刻拥有保持正确评估自己的眼光，这些为我们超越孤独从而更好地融入社会打下了基础。

"难以捉摸的沟通"

我们奋力地完成超越孤独是为了要达到提升自己的目的，并以更好的自己去融入社会。心流体验使我们慢慢喜欢上了独处，在独处中进入了另一个世界，我们对这种感觉情有独钟且乐不思蜀。然而，如果我们打开视野，也许是社会生活的喧嚣，使我们对孤独给我们带来的那抹平静变得如此珍惜，但心流诚可贵，社交价更高，我们超越孤独并不是为了将自己封锁在自己所创造的精神世界里无法自拔，在超越自我的过程中我们会感受到前所未有的独处快感，这些快感使我们乐在其中，也会激发我们想要与世隔绝的欲望，如果我们脑海中出现这样的念头，这就意味着我们平衡"保留自我独特性"与"发展社会共同性"的天平已经发生了倾斜，而这并不是我们的初衷，我们已经走入了浅尝辄止的误区。我们这场修行的终点是融入社会，因为我们不能一直处在独处的状态，甚至从某种意义上来讲，"即便是孤独，那也是我们入世的一种状态"，只是这种状态可以给我们创造更好的客观条件，更利于我们探索自我，完成自我成长，这就类似于金庸武侠小说中的闭关修炼，高手们闭关的目的是为了能够使自己参透内功心法，使自己的武功达到登峰造极的状态，以至为自己将来闯荡江湖做足充分的准备，我想没有一个高手闭关的目的仅仅因为喜欢独处。

当然，武侠小说里的闭关对于高手们的作用不仅限于修炼心法，当高手们在闯荡江湖时，偶遇强者技不如人或是一不留神遭人暗算时，闭关疗伤就成了身负重伤的高手们的惯用选择。我们不妨做以假设，无论修炼也好，疗伤也罢，那些高手在闭关时，如果整日无所作为，纯粹坐在里面熬混时间，想必即使是等到地老天荒他们的武功也不会有所突破，伤势也不会就此痊愈，这也就是说，闭关是否有用，关键在于所谓的修炼。我们暂且将视角拉回现实世界，孤独就像是给我们创造了闭关的条件，而我们在孤独中的不断超越就是一种修炼，我们刻骨铭心的修炼就是为了等待万事俱备时的出关，并期待未来在社会中能够大显身手一番，只不过高手们修炼的是江湖切磋时的武功绝学，而我们在孤独中超越的是社会交际时的自我价值，一招一式的腿功、掌法变成了社会交际中的沟通技巧、处事思维。不同于高手们的闭关修炼，现实生活中我们没有一本步骤清晰、解说详尽的武功秘笈，我们的功夫只有通过在社会交际中一次次负伤后慢慢习得，闭关疗伤就成为我们超越孤独以融入社会的关键环节。疗伤的重点就是要知道自己到底伤在哪里？为什么会负伤？只有找到了伤口，我们才能药到病除，除此之外，我们还要通过伤口抽丝剥茧地找出自己负伤的原因，也只有认识到自己某方面的不足，并加以提升，才能使自己在闯荡江湖时能够见招拆招，这也是我们闭关的核心所在。回炉重造也是我们成长过程中必要的经历，当我们在孤独中回归自我、了解真实的自己后，信心满满地开始想要向社会展示自己的真实，并试图在茫茫人海中乘风破浪一番时，而现实却不像我们所预料的那样顺利，尤其是当你好不容易对生活重燃起来的一片激情，被周围人一成不变、得过且过的消极态度打击得淋漓尽致时，你会发现想要独善其身地融入社会，并不是单单凭借找回自我就能够实现的。这个时候，我们需要重新闭关修炼融入社会的基础技能：如何与他人沟通。

　　也许有人可能会认为，"沟通还需要专门修炼吗？但凡只要会说话就能沟通"，如果事情真如我们所想的那样简单，也许这世上就不会存在对牛弹琴或是鸡同鸭讲的情况。沟通是我们融入社会必备的基础技能之一，是人与人之间传递情感和反馈思想的过程，我们与他人彼此之间的信息互换、情感维持都离不开沟通的牵线，有效沟通可以使我们与他人的合作事半功倍，而无效沟通会导致我们与他人产生误解，甚至是彼此间心生嫌隙的罪魁祸首，这也就意味着沟通能力决定了我们是否能够顺利融入社会。我们会羡慕社交家们因为伶牙俐齿而给自己创造的左右逢源，我们也会因此热衷于与他们交流，从中能够感到有效信息的传递；同时，我们也会对那些市井泼妇之间的嘴仗为之视如敝屣，因为除了刺耳的聒噪，即使是他们自己也无法从争吵中获取任何有价值的信息，同样都是沟通，却能够带来不同的效果。试想一下，你是否曾经有过类似的经历，当我们认为在理发店已经向理发师清楚地表达了"自己的发型稍微减短点就好"的意思时，可结果却往往比你想象中的要短很多，这时你会发现，你口中的"稍微"与理发师所理解的"稍微"并不等同，这次沟通并没有达成自己所期望的目的，沟通就失去了原本的意义。这样的例子在生活中随处可见，我们也常常会因为自己在表达过后，得不到对方的理解而感到无奈，也会因为自己在倾听过后，却悟不透对方所要传递的信息而感到困惑，而这种无奈与困惑表达了我们对于语言的依赖态度。

虽然语言不是我们彼此之间进行沟通的唯一方式，但不置可否的是，它仍然可以称得上是上天赋予我们的恩赐，使我们在沟通时能够避免很多不必要的麻烦，加之语气、音调等条件，同样的文字我们赋予了多样的意义，语言的这些特点使我们忽略了它是一种表达符号的本质。既然语言是一种符号，那就存在不同人对它的不同理解，如果我们在与他人沟通时，对同样的语言彼此之间却给出了不同的理解，那么我们的沟通很可能会出现词不达意的情况，沟通就变成了没有交集的各自独白，更糟糕的是，每当我们表达完毕，我们还会认为彼此理解了对方的意思，但事实并非如此。这也是我们在生活中出现无效沟通问题的关键所在。这种现象在我们的汉语中更是频频发生，"你这是什么意思？""我没什么别的意思，就是意思意思"，我想类似的对话会经常出现在我们的日常中，汉语言文字的博大精深，一词多义、一语双关、抑扬顿挫给我们在沟通时带来了无限的可能。你可以用"挺好的"来表达自己对此事的满意态度，同样也可以用"挺好的"来表达自己对此事的差强人意，而这两种截然不同的态度，有时会给对方造成困扰，从而导致双方对彼此的误解。诸如此类的误解仿佛在提醒我们：沟通的意义并不在于咬文嚼字，而在于意境相通。

其实对于汉语当中的这些双关我们早已习以为常，阻碍我们沟通的并不是这些文字符号，而是那些藏在文字符号背后的认知偏差，这些偏差往往会被我们所忽略。我们对同一语言意义的理解偏差，一部分原因来自于我们个人的成长经历，正如前文中所提到的那样，我们生活的原生家庭与周围大环境决定我们的固有认知，也限制了我们的视野与格局，这种影响体现在我们融入社会后的方方面面，其中就包括对自己的态度。假设我们自律修身，一直对自己秉承严苛的态度行事，当遇到一个随性洒脱、无欲无求的合作伙伴一起共事时，想必我们对于工作效果的评估一定会大相径庭。当对方为了表达对工作效果的满意而给出"很不错"的评价时，由于对自己要求的严苛程度不同，我们对"很不错"的理解实际上要远远超出对方对工作效果的评估，而这时如果我们与对方进行工作效果上的沟通，我们就会发现，对方给予"很不错"评估的工作效果，我们仅仅评估为"很一般"。这种理解上的偏差，不仅会给我们带来沟通上的障碍，甚至会让我们误以为对方在对我们欲盖弥彰，并使我们会用"不靠谱"、"敷衍了事"等词汇来定义对方的态度，即使事实是对方也为工作效果进行了诚恳的评估。我们对于每个语言的理解都会渗透着我们的认知偏差，而这却是我们在沟通出现障碍时，很容易被忽视的问题。

我们对于在沟通时出现的理解偏差，还有一部分原因来自于我们会习惯性地将自己的情绪带入到沟通当中。在我们与他人沟通时，一旦带入自己的情绪，无论这个情绪性质如何，都会对沟通的内容进行无意识的加工，这种加工影响着沟通的导向，当加工程度过大时，甚至会改变沟通的原本内容，导致在沟通中造成理解偏差。比如，我们在拥挤的大街上被冒失的路人无意踩了脚，这件在我们生活中几乎可以忽略不计的小事，对方只要大方地向我们施以歉意，诚恳地对我们说，"我刚才没看见"，我相信不会有人将此事"小题大做"。但假设这个路人对此事的态度没有任何歉意，仅仅只是机械性地向我们做以回应，伴随着无所谓的态度不耐烦地对我们说，"我刚才没看见"。此情此景，我们对于这件小事儿是否还能够做到忽略不计？如果不会，那这次沟通很可能会以吵架的形式呈现给大家，但这也许并不是双方沟通的本意。同样的语言，在被不同的情绪加工后，所表达的意义就截然不同，我们的沟通在不知不觉中就变成了一种情绪的交换，失去了原本的意义。在沟通中，相比我们对于认知偏差的忽略，沟通时的"情绪的过度加工"甚至不会被我们有所察觉。我们在与他人沟通的过程中，不可能做到不加带任何情绪去交流，但我们需要意识到在沟通中，对于对方夹带情绪的言语，我们要学会甄别，因为一个人的情绪有时候确实不会表现得那么老实，它会假借激动作掩护，来干扰我们的判断，而这恰恰是有效沟通的致命所在。

沟通能力成为我们闭关时修炼的重点，想要顺利地融入社会，沟通是我们无法逾越的必修课程，而学好这门必修课的关键在于修正自己的认知偏差、克制自己的情绪加工，这也是我们独处时超越自我的主要方向。

"理性思维 VS 感性思维"

我们虽然没有高手们闭关修炼时所使用的武功秘笈，但我们一直试图在编纂属于自己的修身宝典，沟通时修正自己的认知偏差与克制自己的情绪加工就是我们通过平时的实践与思考，而载入这本宝典中的内容。这本宝典使我们将抽象的超越孤独变得更加具体化，仿佛在独处的黑暗里射进了一道明亮的光芒。于是，我们开始潜心修炼，尽其所能地摆脱原先那个不完美的自己，在与他人沟通时开始注意自己过激的情绪，在沟通过后会有意识地思考自己固执的偏差问题，这些都是超越的开始。然而，闯荡江湖不是仅靠一招半式的三脚猫功夫就能做到畅通无阻，当我们通过回炉修炼，再一次为融入社会做好准备时，新的问题又会随之而来。也许，在我们与他人沟通时已经能够熟练控制自己的情绪，也大概能够做到尽量还原对方的本意，我们在独处时的努力的确能够给我们带来沟通能力的提高，但当我们在沟通时即使能够做到百般注意，仍旧还是会出现一些事与愿违的窘境，这时我们会发现，原来我们离高手们的境界还远远不够，这本修身宝典的内容需要我们不断地从问题中编纂。当你发现沟通的好坏已不仅仅取决于自己单方面的行为时，或是当你发现，即便是在一次沟通中，双方都已经竭尽全力试着将沟通变得更加顺畅时，但仍然还是会出现一团糟的情况，这时你就会意识到，原来影响阻碍我们进行有效沟通的，除了自己的认知偏差和情绪加工之外，思维方式也是我们需要加入宝典的重要内容。

"我思故我在"，大哲学家笛卡尔的这句附有唯心色彩的名言，乍一看平淡无奇，可当我们静下心来细细品味，哲思之下向我们揭示了思维对于我们所起到的决定性作用。的确如此，我们的思维模式决定了我们的认知方式，"心中有爱，世界将充满爱"、"我们相信什么，世界就是什么"，这些例子都是人们对于思维的感悟，也展现了思维模式的重要意义。除此之外，我们的思维模式还能决定自己的行为模式，如果我们认为自己不能接受香菜的味道，那我们就一定不会加以尝试。当然，思维模式对我们与他人的沟通也起到了不容忽视的影响，在我们的修身宝典中属于高阶的功夫，不同于认知偏差与情绪加工的自我认证，关于思维方式的修行，是通过我们在与他人的沟通中，相对而言的差异。也就是说，假设一个人从未与他人产生过联结，那他将不会有机会认知到除自身以外的、不同思维模式的存在，也就不会意识到自己的思维模式也是"自我独特性"的一方面。其次，思维模式不存在所谓的对错，所以我们在独处时超越自我的过程中，不必一味地认为自己的思维方式存在问题，因此而试图改变自己的思维方式，相比于对自己的思维模式的改变，尝试着理解、尊重他人的思维方式会显得更加实际一些。

试想一下，假设在我们面前有一位因为自己的懒惰而被丈夫无情抛弃的女士，正在向我们哭诉自己丈夫的种种狠心，这种情况下，你会怎么去回应这位女士的倾诉？有些人可能会认为这位女士是罪有应得，因为她的懒惰在先，才引发了丈夫的抛弃；有些人也许会被女士的泪水所感同身受，于是开始一起痛斥丈夫的无情。这两种表现分别代表两种不同的思维模式，分开来看这两种思维，我们都不能简单地将其定义为"对"或"错"，但倘若分别持有这两种不同思维模式的人进行交流，对于同一件事的看法以及行为表现的南辕北辙，这次交流一定是以互不理解而导致的不欢而散作为结束，而这就是思维模式在我们沟通中带来的阻碍。

关于思维模式的讨论，无论是哲学、心理学、逻辑学，甚至是宗教学都有着自己不同的理解，如果就此展开讨论，也许我们三天三夜也聊不出个所以然，索性我们不去探讨形象思维、抽象思维或是灵感思维的来源与结构，我们没必要去探索发散思维与辐合思维的成因与发展，因为这些概念仿佛从来都不属于日常生活，离我们也过于遥远。倘若我们将视野回归大众，我相信大家一定会对理性思维与感性思维这对冤家信口拈来。俗话说"男人来自火星、女人来自金星"，这句话在我看来，应该表述为"理性来自火星、感性来自金星"更为准确些。因为现实中男女之间彼此的不理解出现在生活中的方方面面，无论是共事时的各自为政，还是争吵时的据理力争，常常因为"公说公有理、婆说婆有理"的死循环而喋喋不休，这些争端说到底均是由双方之间不同的思维模式在从中作梗，再具体点就是一场"理性思维"与"感性思维"的斗争。上面的例子已经向我们展示理性思维与感性思维不同的关注点，那些认为这位女士罪有应得的人，他们的思维模式表现在生活中以建立证据和推理逻辑为基础而作为解决问题的模式，对于女士的遭遇，他们更加关注引起丈夫抛弃该女士的原因，秉持"怜悯不等于应该"的逻辑，得出罪有应得的回应，理性在这些人思维模式中占据了绝对的比重。与此同时，那些对这位女士抱有感同身受的人，他们的思维模式往往通过自身对外界事物的主观感觉，以此作为自己解决问题的主要依据，对于此事，他们不会刨根究底地去判断谁对谁错，而是将问题的核心聚焦在这位女士因被丈夫抛弃所产生的负性情绪上，他们的感觉受到这些负面情绪的感染，即使是没有经历过该女士的遭遇，依然也能体会到此时此刻的负性体验，于是便对其给予感同身受的回应，在这些人的思维模式中感性成为绝对的主角。

　　也许对于那位被自己丈夫抛弃的女士，你或许也有着自己的评价与见解，如果在生活中出现类似遭遇的亲朋，也一定会按照自己的想法给予他们中肯的回应，同时你或许也已经开始对与自己回应向左的人表示出无法苟同的态度，更有甚者可能会认为那些与自己持不同回应的人并不是为了真心帮助朋友。持有罪有应得态度的人，一定会认为那些"感同身受"的人在解决问题时缺少原则性，没有是非观念，只会让事情变得更加棘手，而他们的目标是让遭受抛弃的女士认识到自己的问题，找到改正的方向；而持有感同身受态度的人，也会觉得那些认为罪有应得的人在解决问题时不顾及当事人感受，缺少人情味，他们则会以安抚女士的情绪为目的，使这位女士能够早日走出情感上的阴霾。然而当这两种截然不同的思维发生碰撞时，各持己见、互不想让一定充斥着整场交流，并以不欢而散做以收尾。倘若在你的脑海中闪过这样的念头，那就说明一场源自于理性思维与感性思维之间相互排斥的战争，在我们脑海中已悄无声息地拉开了帷幕。既然是战争，那就一定存在胜负，然而不同于现实中战场的枪林弹雨，我们这场意识架构的战争胜利方永远属于挑事方，他们会以绝对性的优势将假想的对手置于自己的主场，进行吊打，因为他们根本不会看到对方的实力，甚至是不允许对方存在实力，在自己的意识层面也不会给对方一丝的机会来展现实力，秉持"置人于死地"的决心坚守着自己的胜利，乐于顶着自诩的常胜将军头衔，但却忽略了这场战争的目的。

现在，让我们试着跳出自己思维的设定，当我们尝试着以一种中立的态度来分析关于理性思维与感性思维的这场战争时，我们会发现战争至少能够罗列出四种不同的结果，一种思维被另一种思维所折服，心甘情愿放弃抵抗而全然选择投诚，无论哪一方胜出，这样的结果都预示着这场战争的和平解决。另一种结果，也经常出现在我们的日常中，两种思维在一番相互排斥之后，大家各执一词，即便没有损伤各自实力，但彼此之间终却给对方留下了不愉快的印象，这也许是众多结果中最得不偿失的一种，但它却频繁地发生着。当然，相较于以上这些性价比并不高的结果，如果这两种思维能够试着互相理解，吸取对方思维的精华，扩展自己思维的盲区，最终形成一套更加柔和的解决模式，这也许是一种最为合理的结果。你看，抛开主观的影响，理性思维与感性思维也并非水火不容，两者相遇时也大可不必刀剑相向，两者除了对抗的关系还有互补的方式可供我们选择。当然，我们现在这样气定神闲般分析理性与感性的关系，仅仅是因为我们跳出了现实问题的影响，同时也绕过了自己面对问题时思维的设定，一旦遇到现实问题，我们就会按照自己的思维模式进行判断，也就意味着思维盲区会再次出现，那份对不同思维的不理解也会如期而至。也正是因为我们惯性思维的存在，才使我们在独处时超越自我有了举足轻重的意义。

在现实生活中，当"琼瑶体"向"直男癌"哭诉着"你只是失去一条腿，而我失去了整个爱情"，"直男癌"却冷冷地重复着"多喝点开水"，这看似风马牛不相及的对话，却是理性思维与感性思维常见的操作，类似的沟通常常出现在亲子之间、情侣之间、朋友之间以及同事之间，这些沟通非但不能使对方意会自己的意思，反而成了接下来争吵的先兆，失去了沟通的本意。因为这份不理解，使我们直观地感受到沟通所存在的难度，也促使着我们将思维模式列入宝典开始闭关修炼。关于理性思维与感性思维的修行，我们的目标并不是为了强行去改变自己原有的思维模式，而去一味地完善自己之前的思维盲区，我们修行的目的在于当遇到与自己不同的思维模式时，第一反应不是将其排斥到对立面，而是能够包容不同思维模式的行为做法，尝试着去理解不同思维模式的处事之道，并将精华融入自身盲区，为我们将要解决的问题提供最优方案，从而使我们能够更好地融入社会，这也是我们在孤独中实现超越的意义所在。

"合作的魅力"

我们在日常的社会交际中，一边学着融入社会，一边又正在融入社会，一直在试图寻找那些能够编纂到修身宝典中的技能，我们一遍遍重复着认知偏差、情绪加工以及思维模式的修行，也不断解锁沟通中的新技巧，不知不觉中我们已慢慢地开始适应社会了，并且对自己的社会定位有了更加精确的把握，琐碎的生活也仿佛化繁为简，这时我们对于融入社会的目标不再以适应社会为核心，取而代之的是在社会中实现自我，这是自我在超越孤独里进阶的过程，也是我们成长的过程。当我们在超越孤独的过程中能够认识到自己思维模式的局限，也能够真正感知到不同思维模式的存在时，也许我们会感悟到，不同思维的碰撞却能使我们更好地在社会中实现自我价值。于是，我们不断在独处与融入之间反复更新状态之后，渴望从他人的思维中唤醒自己更大潜能的欲望被激发了，"与他人合作"以一项更高阶的技能成功被编纂到我们的宝典当中，成为我们在孤独中超越自我的新内容。

在社会中，我们与他人所产生的联结，都可以理解为是一种合作关系。好的合作关系不仅能够给我们带来眼前的力量，它更是我们成长路上超越自我的体现。我们从幸遇良师的合作中获得知识，这些知识会成为我们理解世界的钥匙，打开我们眼界的大门；从幸遇良友的合作中获得支持，这些支持会成为我们偶遇挫折的抚慰剂，安抚我们受伤的心灵；从幸遇良伴的合作中获得幸福，这些幸福会成为我们披荆斩棘的勇气，坚定我们人生的信念。这些好的合作有着共同的特点，它们都是以感情为基础而建立起来的合作，我们从朝夕相处中浓缩信任与默契，才换来如此稳定与契合的合作关系。这种以感情作为基础的合作关系固然好，但在感情的掩护下往往会娇纵我们在合作关系中存在的弱点，也抑制了我们处理合作关系能力的发展，从而弱化了我们在没有感情的加持时与他人建立合作关系的思维。正如在感情的包裹下，我们在合作关系中的矛盾就多了一股缓冲，这股缓冲使我们在理解问题时思维相对更显柔和，同时也使我们产生了"感情是合作关系充要条件"的错觉。然而，这种错觉对于我们走入社会处理合作关系时，显得并不那么友好。没有了感情的包容，我们在与他人合作共事时，更多的矛盾将毫无遁形地暴露出来，习惯了被娇纵的我们，已全然不具备在合作中发现自己问题的能力，标记我们独特性的思维模式和行为方式没有了感情的缓冲，显得锋芒外露，既刺伤了别人，也刺痛了自己。于是，原本完全可以达到"共赢"的合作关系，却事与愿违地被我们理解成了利用关系，甚至是敌对关系，种种这般使我们错失了在合作关系中实现自我的机会。

也许绝大多数人会认为，以感情为基础的关系不能称之为合作关系，而只有那些进入社会后，以利益为目的所建立起来的联结，才能称之为合作关系，并秉持着"自己绝不唯利是图"的态度，对此嗤之以鼻。没错，社会交往中的合作关系基本都是以利益为基础而建立起来的，但我们对利益的理解大都有失偏颇。前文中也曾提到，受到几千年传统美德的熏陶，我们在为人处事时，人情也会作为一种柔和剂成为影响问题解决的因素，使我们原本枯燥的问题多了几分温情。然而，凡事要有度，一旦偏了分寸事情往往就变了性质，我们在解决问题时，人情拿捏得当这叫做事周全，而一味地强调人情就会变成死要面子，纠结于面子与利益的矛盾中，最终选择委屈自己而保存颜面，并对那些选择利益的人冠以"唯利是图""利欲熏心"的名声来平衡自己的委屈。这种行为无形之中给利益增添了几许负面色彩，同时受到牵连的还有对合作关系的看法。没有感情的加持，绝大多数人在面临与他人建立合作关系时，为了使自己在合作中不被利用，第一时间考虑的却是如何在这段合作关系中保护自己，这样的想法会贯穿合作全程，"被害妄想"式的防御往往使自己筋疲力尽，哪还有精力在合作中获取成长，其结果可想而知，"又一次验证了自己的判断"，于是人们对于利益或是合作的错觉再一次得到了强化。

难道没有感情为基础的合作关系就真的那般不堪吗？其结果恰恰相反。正如前面章节所说，当我们一次次在孤独中超越自我，完成一次次闭关修炼之后，我们会承认自己的渺小，也会感悟到若想在社会中实现自我价值，离不开合作关系的支持。如果没有刘备的坚持，没有关羽、张飞的信任，或许关羽一辈子都在河东解县看门护院，草草损于乱世，更不会有后来的"武圣"齐名于孔子；或许张飞到死都在屠猪卖狗，任凭他在长坂坡当阳桥头上吼破喉咙，也不会给后人留下一丝痕迹；又或许刘备也仅仅是流落在东汉末年，众多皇室后代中的一员，干着织席贩履的营生，名不见经传。是合作关系成全了一段段诸如"桃园三结义""千里走单骑""三英战吕布"等经久流传的佳话，同时也是合作关系实现了三个人的自我价值。换个角度思考，刘备、关羽和张飞的"抱团"合作，实现了他们各自利益的最大化，刘备的"仁德"、关羽的"骁勇"以及张飞的"鲁莽"，这三种毫无关联的特质，分开来看个个平平无奇，但三人合作互补互助却能化腐朽为神奇，拥有了开创时代的能力。而他们三人在相识之前也未曾有过感情基础，也只是浪迹于乱世中的野鹤，像极了努力拼搏在当代社会中的我们，只是有所不同的是，我们当中的绝大多数人摒弃了与他人合作，选择在茫茫人海中单打独斗。生活在快节奏的社会中，每天发生在我们身边的那些人与事，还来不及等到我们与其夯实感情基础就已物是人非，习惯于单打独斗的勇士终究抵不过人潮汹涌的力量，此时团队合作就显得更加稳固，而如何与他人建立合作关系，就成了我们需要闭关修炼的一项新功夫。但凡我们留心就不难发现，无论是大国之间的强强联合，还是弱者之间的抱团取暖，都展现出合作关系的核心在于双方存在着共同利益。由此可见，好的合作关系的关键是利益，有感情的加持是锦上添花，没有感情的参与也并非无计可施，我们首先要认清这一点。然而，有趣的是，随着一段好的合作关系的发展，感情也会随之萌生。

　　无关资本、无关人性，利益本是能够满足我们自身欲望的一切事物，它就像是我们与他人之间的粘合剂，胜过一切熟人招呼，也就意味着，情感在纯粹的利益面前反而成了干扰因素。一段以共同利益为核心的合作关系，没有情感的作用显得这段合作会更加纯粹，更能让我们在合作中看清满足我们欲望的目的。我们需要他人的思维来激发自我潜能从而超越孤独也是一种欲望，通过与他人共事，我们看到了他人身上的不同，在一次次的激发下，不同的思维模式、不同的处事方式就像是一股股清风，逐渐褪去了我们那层"身在此山中"的迷雾，显现出一条超越孤独的登顶之路，经过一番番努力过后，终于在某一次合作中我们感悟到了欲望的满足，随之奉上的是那股"一览众山小"的豁达，于是我们再一次超越了孤独。

"启航，你的第二人生"

　　漫漫人生，上下求索。人生就像一部电影，初观时，她是一部喜剧，浮夸科诨的表演，引得我们捧腹大笑，再观时，她却成了一部悲剧，若隐若现的隐喻，使得我们若有所思，最终经过一番跌宕起伏，我们开始回味，在摒弃表演与隐喻之后，竟是如此破涕释然和谈笑风生；人生就像一场旅行，初行时，她是一场好奇之旅，耳目一新的风景，引得我们寻踪觅迹，再行时，她却成了一场无奈之旅，壁立千仞的崎岖，使得我们望而却步，最终经过一番跋山涉水，我们开始体味，在无视风景与崎岖之后，竟是如此卓然独立和不拘一格；人生就像一本书，初看时，她是那样轻薄，朴实无华的内容，引得我们流连忘返，再看时，她却变得那样厚重，盘根错节的引意，使得我们力不从心，最终经过一番黄卷青灯，我们开始品味，在淡然内容与引意之后，竟是如此心外无物和云淡风轻。成长的过程充满"超越——回归——再超越——再回归"的无限循环，也正是因为这些循环的枯燥与反复，才更显成长的珍贵。也许在我们超越孤独之后，蓦然回首，我们会不经意地发现，或许孤独就是生活最原始的模样，欣然接受自己的喜好，坦然面对自己的得失，不因世事无常而取悦他人，也不因随波逐流而委屈自己，才能让我们更加从容地感受生活赋予我们的分分秒秒。

无论现实怎样不堪，既然占了人间一条命，我们就要奋力开启自己的第二人生，在自己的世界倾听生活的诗意，感知辽阔的远方，独享一个人的清欢。当我们能够以求同存异、和而不同的人生态度去对待这个世界时，或许会有那么一天我们恍然大悟，原来这山还是山，这水仍旧是水。

赠人玫瑰，手有余香。倘若这本书能够让您与之共鸣，或是若有所思，那么请您也将它相赠于亲朋好友，哲思的魅力就在于与不同思维的碰撞。